KB197039

귀신의 왕

귀신의 왕

김안 시집

The King of Ghosts Kim An

K-Poet Series 042

아시아

차례

귀신의 왕

미메시스

한 승려가 온몸에 불이 붙은 채로 걸어가고 있었다. 나는 그 뒤를 따르고 있었다. 아주 맛있는 냄새가 풍겨왔으므로 나는 따랐다. 이윽고 승려의 몸은 사라지고 불이 저 혼자 허기에 몸부림치며 걷고 있었다. 불에게는 눈이 없으므로, 허나 불에게는 길고 거대한 팔이 있으므로, 허기진 불은 사방을 향해 성난 붉은 원숭이처럼 제 팔을 휘둘렀다. 나는 저 낯선 불의 팔을 붙잡고 싶은 충동에 사로잡혀 있었다. 그 충동은 지난밤 꿈에서 황금빛 옥수수밭 사이를 헤매다 우연히 발견한 시체를 안아주려 했던 것과 비슷했다. 가여운 것, 허기진 것, 끝없는 거대한 어둠이 너를 보고 있구나. 이렇게 계속 눈 감고 있으면 영영 뜨지 못할 거야. 나는 시체에게 말을 건넸다. 설득하려는 듯. 누구를? 시체를. 꿈이었으니까. 죽지 말자고. 시체는 잠시 머뭇거리는 듯하더니 내게 말했다. 나는 안개처럼 떠다니는 흐릿한 이야기일 뿐이야. 나는 밤의 어두운 주머니에서만 존재하는 이야기일 뿐이야. 그리고 시체의 이마에 작은 불씨가 피어오르더니 작은 나방으로 변해 내 이마에 부딪혔다. 눈을 떴다. 지금 내 앞에는 거대한 불이 비틀비틀 걸어가고 있다. 그 모습은 마치 구름처럼 느린 춤과 같았다. 나는 저 불 속으로 들어가기 위해 한 걸음을 내딛었다. 그때 잊고 있던 시체의 마지막 말이 떠올랐다. 눈을 뜨면 현실. 그것은 얼어 죽은 불의 낙원이야. 경험했지만 설명할 수 없는 것들. 욕망들. 그리고 나는 시체를 껴안았다. 나는 화로의 재처럼 조금씩 멀리 흩어져가는 나를 느끼기 시작했다.

눈사람, 시작

흩어져 있던 나를 모은 이는 누구일까. 검음보다 짙은 모호한 어둠 속에서 이 더러워진 흰빛의 세계로 다시 나를 부른 이는 누구일까. 얼굴을 쓰다듬으면, 눈 코 입이 떨어져 내린다. 이제 나는 내가 짐작한 남은 인생을 흉내 내면 되는 것일까. 고민하는 사이 머리에 불이 붙은 새들이 날아다니고, 당황한 얼굴의 신처럼 피어난 꽃들의 계절이 되어 들불처럼, 불안처럼 번져가는 그 붉고 하얗고 노란 물이 뼛속까지 밀고 들어올 수도 있을 테니, 굳이 누구의 인생을 흉내 낼 필요가 있을까. 해가 높아지면 나와 닮은 이들의 그림자들 힘없이 지상을 떠나가고, 나는 이상하게도 홀로 남아 있다. 그리고 내 옆에는 한 사내가 나무에 매달려 있다. 팔과 다리를 길게 늘여 나무를 휘감고 있는 그 사내는 언뜻 보면 매미 같을지 모르지만, 자세히 보면 나와 비슷한 형식과

성분으로 되어 있다. 그 어떤 인간도 단 한 번 취해본 적 없는 자세로 나무에 매달려 있는 그는 빗자국에 그어진 등껍질, 허물어진 얼굴, 부서지고 깨지고 닳아 흔적 없이 사라진 발톱으로 겨울의 정점을 붙잡고 있었다. 그 처량한 근력은 마치 인생에 대해 고민하는 나와 같아서 나는 그 앞에 더러운 물로 고여 인생의 겨울을 맞이하여 얼굴마저 잃은 누군가를 생각할 따름인데, 그의 하얀 혈관이 내게 닿아 흐르기 시작한다. 이야기가 시작된다.

뽀삐

마당에 앉아 고개를 든다. 겨울산은 병든 뱀처럼 평탄하고 메마른 채 이어져 있었다. 공중에 매달려 있는 악기를 새들이 조율하고 있었다. 마당 한쪽에는 이미 죽은 지 오래인 작은 나무가 심어져 있었는데, 그 나무 아래에는 어린 강아지가 묻혀 있었다. 아무것도 모르던 예닐곱의 내가 그 강아지를 키웠는데, 종종 먹다 남은 밥이며 우유를 주곤 했었다. 모두가 출근하고 집에 혼자 남아 있는 나를 위해 어디선가 데려온 강아지였는데, 지금은 그 이름조차 기억나지 않는다. 자주 배앓이를 하던 나와 굶주린 강아지가 있던 그 집 2층에는 주인이, 1층에는 유진이네가, 벽 옆면에 있는 작은 쪽방에는 우리 가족이 살고 있었다. 적벽돌 주택이었던 그 집 마당 한쪽에는 아무도 쓰지 않는 화장실이 있었고, 그 옆에 심어진 나무가 그것이다. 혼자 마당에 쭈그려 앉아 햇빛을 받다 보면 난쟁이 신처럼 그 나무가 내게 걸어오는 것 같기도 했는데, 그때마다 조율을 끝낸 새들이 녹음된 비명처럼 시끄럽게 울고, 내가 귀신의 왕이라고 불렀던 골목 끝 무당집의 영혼이 미친 듯이 내는 신음소리가 들려왔다.(물론 그것이 영혼의 신음 따위가 아니라는 것은, 그저 윤리에 어긋난 사랑의 소음이라는 것은 나중에서야 알았다.) 나는 이 소리들은 모두 사나운 눈의 짐승들이 내는 것이고, 하지만 곧 녹아버릴 거라고 여겼다. 그 짐승들의 소리를 듣던 어느 날엔가, 나는 난쟁이 신의 어깨에 쌓여 있는 눈을 삼키고선 내리 사흘 동안 의식을 잃은 채 잠이 들었다가, 무언가 나를 핥는 느낌에 깨어났다. 이마에 놓여 있던 물수건이 흘러내렸다. 그 옆에는 둥근 등짝을 들썩이며 엄마가 웅크린 채 지쳐 잠들어 있었다. 하얗게 얼어가고 있었다. 이제 그 나무도 지쳤는지 더 이상 꼼짝하지 않았다.

유진이

퇴근길, 차가 꽉 막혀 있다. 평소 막히는 곳이 아닌데, 이렇게 구석지고 오래된 곳으로 출근하는 이들이 많지 않은데, 어디 사고가 난 게 아닌가 싶었다. 시끄러운 경적 소리가 사방에서 울려왔다. 앞쪽에서 한 노인이 자전거를 끌고 무단횡단을 하고 있었다. 허리가 굽고 얼굴이 까만 노인이 고개를 숙인 채로 힘없이 도로 가운데로 들어서고 있었다. 야, 이 미친 노인네, 죽으려고 환장했나. 누군가 창을 열고 소리를 쳤다. 하지만 노인은 아무런 소리도 듣지 못하는 듯 마치 저 먼 어느 곳에서부터 계속 한 방향으로 걸어온 듯 느리게 자전거를 끌고 걸어갈 뿐이었다. 어떻게 보면 자전거가 죽은 노인을 끌고 가는 것만 같았다. 끊어진 자전거 체인이 땅에 끌리는 소리. 경적 소리. 자전거 바퀴가 굴러가는 소리. 어린 시절, 그와 비슷한 풍경을 본 적이 있었다. 어린 시절, 앞집 유진이네 아버지가 돌아가셨을 적이다. 좁다란 골목길에 모여 살았지만, 유독 얼굴이 기억나지 않는 이다. 그는 일이 없어 늘 집 앞에 고갤 숙인 채 앉아 있었는데, 이웃은 물론 가족의 인사도 받지 않았다. 마치 누군가가 억지로 그 가족 안으로 집어넣어 둔 것처럼. 그런데 그가 죽은 후, 유진이네 집 앞에 있던 녹슨 자전거 바퀴가 혼자서 쉼 없이 돌아가기 시작했다. 그 소리에 무서워 웅크리면, 그건 유진이가 울기 때문이라고, 며칠 지나면 바퀴가 멎을 거라고 어머니가 말했다. 며칠 지나자 자전거는 멎었다. 그리고 그날 이후, 유진이는 자라지 않았다. 고개를 파묻고 발을 질질 끌며 걸었고, 등이 둥그렇게 부풀어 올라 작은 무덤처럼 동그래졌다. 그건 유진이 아버지가 계속 업혀 있기 때문이라고, 그래도 울음이 멎어 자전거를 뒷산에 파묻을 수 있었다고, 내 옆 좌석에 힘없이 타오르고 있던 늙은 불꽃이 말했다. 놀라서 고개를 돌려보니, 나는 아무 차도 다니지 않는 새벽의 도로 한가운데 서 있었다.

파지(把持)

집에서 쫓겨났다. 하나밖에 없던 명경을 깨뜨려서다. 아이고, 이제 누가 나를 동정해주나, 누가 나를 동정해주나, 썩을 것. 내 배 속에서 이미 썩어야 했을 것. 엄마는 머리 없는 맹수처럼 고개를 파묻고 깨진 명경 조각을 들여다보며 울부짖었다. 마당 한쪽, 나무 아래 몰래 묻어놓은 뽀삐가 깰 정도로 울고 소리쳐 죽어 있던 나무에서 발톱같이 뾰족한 잎이 돋아났다. 멈춰 있던 시계추가 움직일 정도로. 나는 맞았다. 맞아 죽은 것 같다. 그리고 도망치는 나를 향해 엄마는 깨진 명경 조각들을 내던졌다. 돌아보니 그것들은 무시무시한 겨울의 이빨들 같았다. 다시 오지 마라, 오면 네 발목을 삼켜버릴 테다. 울며 동네를 벗어나자, 수많은 골목들이 쉭쉭거리며 뱀처럼 흐느적거리고 있었다. 이제 나는 어데로 가야 하나. 어데로 가야 하나. 이제 누가 나를 동정해주

나. 영원히 입안에서 도는 말들. 맴도는 말들. 엄마는 창 없는 방에서 여전히 울고 있을 텐데……. 눈을 뜨니 창 없는 방에 누워 있었다. 엄마가 얼굴을 쓰다듬고 있었다. 시계추가 흔들리고 있었다. 엄마요, 엄마요, 여 엊그제 깨트린 명경 여기 있소. 나는 둥근 시계추를 가리켰다. 얼굴을 쓰다듬고 있던 엄마의 손이 검은 나무뿌리처럼 자라기 시작했다. 발이 없어 도망칠 수 없었다.

가위

새벽. 얼핏 잠을 깨니 밤새 함께한 꿈들이 내 몸 위에 올라앉아 수군대고 있었다. 아직도 자나? 쉿, 깰 수도 있어. 나는 잠든 척하며 그것들의 은밀한 대화를 엿들어 적바림해야겠다고 생각했다. 요 근래 온몸이 저려온 이유를 알 수 있겠군. 낯선 마을이 내 몸 위로 추락한 느낌이 들더라니. 그중 가장 어린, 즉 가장 방금 꾼 꿈이, 방금 태어나 양팔도 입도 없는 꿈이 몸부림치기 시작했다. 아마도 내가 잠에서 깼기 때문에 그런 몰골이었을 테지. 그러자 한 늙은 꿈이 붉은 입을 벌려 그 어린것을 삼켰다. 내 목구멍으로 차갑고 날카로운 불덩어리가 넘어가는 것이 느껴졌다. 염소처럼 날뛰던 호기심 많은 녀석이었어. 이런 악몽을 삼키는 건 우리 고향의 방식이야. 유령은 이렇게 시작되는 법이지. 나는 나의 꿈들이 대체 왜 이렇게 내 몸 위에 모여앉아 있는지, 궁금했으나 그것은 어젯밤 자기 전 틀어놓은 자살한 기타리스트의 음악 때문이라 결론을 내렸다. 그는 동정맥 기형으로 모든 기억을 잃었고, 자신이 누구인지, 자신이 어떤 프레이즈를 가지고 있었는지, 심지어 기타를 치는 법까지 모두 잊었다. 이후 자신이 연주한 앨범과 영상을 보며 다시 처음부터 기타를 배워야 했는데, 지금 내 몸에 앉아 있는 것들은 마치 동정맥 기형 전의 기억인 듯싶었다. 어쩐지 그의 음악을 들으면 집 안에 흐릿한 그림자들이 배회하는 듯했는데, 그때마다 늙은 개가 피보다 붉은 잇몸을 드러내며 구석에 웅크린 채, 불안하게 사방을 응시했는데, 나는 그게 치매 때문이라 여겼다. 내가 그 녀석을 달래려 손을 내밀자, 덥석 내 손을 물었으니. 주인도 못 알아보는 녀석 같으니. 너를 나무 밑에서 파오는 게 아니었어. 그런데 온몸을 움직일 수 없는 지금에 와서 다시 생각해보니, 그것은 내 손을 물었다기보다, 나를 이끌고 이 집 밖으로 나가기 위한 몸짓 같았다. 하긴 언제부터인가 집 자체가 조금씩 어긋나기 시작했었다. 기둥이 휘어지면서 회색빛 콘크리트가 깨졌는데, 그 속에는 철골이 아니라 검게 썩은 뱀들이 못 박혀 있었고, 바람이 심한 날이면 벽이 집 안쪽으로 떠밀려 들어오는 바람에 이제 방 하나밖에 남지 않았고, 가끔씩은 유리창이 둥글게 부풀어 올랐다. 손톱 끝으로 찔러보면 산산이 깨지는 소리만 들려올 뿐, 유리창은 점점 더 팽팽해졌다. 이 모든 것이 술에 취한 탓이라 여겼는데, 그게 아니었군. 나는 허탈했다. 그래도 거울이 남아 있잖아. 내가 물려받은 것이라곤 이 집과 거울밖에 없는걸. 이 거울 앞에서 내 아버지가, 내가, 내 아들이 바깥에 나가기 위해서 한껏 치장을 했지.

그런데 언제부터인가 거울 속 안개가 걷히지 않았다. 아마 그때부터 시작이었던 게야. 물론 매일 술에 취한 채 거울 속 안개를 닦았다. 그게 내 하루일과였다. 간혹 술 취한 아버지가 그랬던 것처럼 가늘게 눈을 뜨고 노려보면 어떤 형상이 보였다. 그것은 죽은 개 위에 주저앉은 어떤 사람이거나, 혹은 죽은 사람 위에 올라타 울고 있는 어떤 개의 모습 같았다.

기일

11월의 늦은 오후, 멍한 상태로 식탁에 앉아 있었다. 아직까지 전화가 오지 않았다는 건 내일도 내내 이렇게 앉아 있어야 한다는 것이겠지. 깊은 한숨이 나왔다. 그때 천장까지 닿을 정도로 기다란 그림자가 나타났다. 어머니였다. 어머니는 내게 식사는 잘 챙겨 먹는지, 물으시고선 냉장고 문을 열었다. 나는 오랜만에 뵌 어머니 모습에 얼떨떨하면서도 반가웠다 철모르는 호기심으로 가득한 강아지 같은 마음이었다. 엄마, 나 어렸을 때 키웠던 강아지 이름이 뭐였죠? 무슨 소리니? 강아지라니. 내가 그 강아지가 된 마음이라니까, 오랜만에 엄마를 보니. 냉장고에서 하얗고 서늘한 빛과 연기가 뿜어져 나왔다. 어머니는 냉장고 문을 열어두고서 내게로 다가와 내 머리를 쓰다듬으며 말했다. 우린 강아지 키운 적이 없어. 왜 나 예닐곱 살 때 무당집 골목에 살 적에 키웠잖아. 굶어 죽었던가, 맞아 죽었던가, 그래서 아버지가 화장실 옆 나무에 묻어준. 나는 허기진 짐승처럼 어머니의 신선한 손목을 물어뜯으며 말했다. 어머니는 다정하게 손목을 내어주었고, 다른 한 손으로는 내 머리를 쓰다듬었다. 넌 아버지가 없잖아? 생각해보니 내겐 아버지에 대한 기억이 없었다. 난 왜 그걸 모르고 있었을까? 어린 시절, 밤마다 창밖으로 검은 그림자들이 서늘하게 흘러 들어와 어머니의 몸을 휘감았는데, 나는 그것을 아버지라 여긴 것일까? 어머니는 남은 한 쪽 손목을 내어주었다. 그건 골목들이란다. 양팔이 사라진 어머니는 하얗게, 깊게, 서늘하게, 침묵하고 있는 냉장고 속으로 뱀처럼 기어 들어갔다. 어머니의 팔에서 흘러나온 붉은 그림자들이 밤의 골목처럼 길게 이어지고 있었다.

귀신의 왕

나는 한 무더기 책을 가방에 넣었다. 몇 달간 붙잡고 있는 논문을 최대한 빨리 마무리해야겠다는 생각이었다. 집을 나서니 폭설이 쏟아지고 있었다. 언제부터 내린 눈일까, 분명 집을 나오기 전까지는 맑았는데. 발목까지 쌓인 눈이 하얀빛을 발해, 저절로 눈이 감겨왔다. 나는 가늘게 눈을 뜨고서 조심스레 걸어 버스정류장에 닿았다. 그곳에는 한 할머니가 앉아 있었다. 할머니의 발밑은 누렇게 얼어 있었고, 지독한 악취가 났다. 눈은 멈추지 않고, 버스 또한 오지 않았고, 빛과 악취에 정신이 혼곤하여 다시 집으로 돌아왔다. 다음 날, 다시 집을 나섰다. 폭설이었다. 버스정류장이 어제보다 멀어진 느낌이었다. 날씨 탓이겠지. 버스정류장에 도착하니 바닥은 누렇게 얼어붙어 있었고, 여전히 악취가 풍겨왔다. 버스가 또 오지 않는군. 나는 다시 집으로 돌아갔다. 그렇게 며칠 동안 버스정류장은 점점 더 멀어져가더니, 어제 아침에는 골목 입구 모퉁이에 위치해 있었다. 오늘은 골목 안쪽에 있겠군. 뭐, 버스만 온다면야. 그리고 나는 다시 한 무더기 책을 가방에 넣고 집을 나섰다. 다행이야. 오늘은 눈이 안 오는군. 나는 하얀 햇살 속을 걸었다. 그리고 버스정류장이 옮겨간 골목 안으로 들어섰다. 골목에는 버스정류장이 있고, 며칠 전 본 할머니가 웅크린 채 앉아 있었다. 자세히 보니 부러진 칼로 풀뿌리를 뽑아 먹고 있었는데, 조금은 젊어진 듯한 모습이었다. 할머니는 나를 보더니 미소를 지으며 말했다. 나는 골목이야. 무슨 말인지 알 수가 없어서 멍하니 할머니를 쳐다봤다. 할머니는 점점 더 젊어지고 있었고, 버스정류장이 있는 골목은 내가 낯선 풍경으로 변해 있었다. 나는 골목이야. 골목 바깥은 햇살이 눈부신데, 안쪽에서는 눈이 쏟아지기 시작했다. 내가 쫓겨나자 그 골목 사람들은 허기를 느끼기 시작했지. 허기와 함께 욕망과 충동을 뒤섞기 시작했어. 나뭇가지 위로 눈이 떨어진다. 나뭇가지가 기울었다 위로 솟아오르는 소리. 더러운 눈 위로 하얗고 깨끗한 눈이 덮이는 소리. 나는 골목이야. 다시 이곳에 오게 되니 기분이 묘하구나. 나 역시 묘한 기분에 휩싸였고, 나는 내가 움직일 수 없다는 것을 깨달았다. 기억 속에 어둡게 잠겨 있던 골목이 팔다리를 늘어뜨려 나를 붙잡고 있었다. 실은 아주 천천히 그 어둠의 육체를 늘려왔던 건지도 모른다. 그래요. 이 골목은 내 삶이 일어났던 곳이지요. 내 입이 내가 알 수 없는 말을 내뱉었다. 나는 네가 말한 그 골목이고, 나는 지금 너와 이야기를 나누고 있고 이미 죽었지. 할머니의 눈은 어둡고 깊은 동굴이 되어 있었다. 웅

웅거리는 소리와 푸른빛이 새어나오는 동굴. 점점 거대해지며 내게 다가오는 동굴. 마음이 동굴의 고요한 숨결을 따라 몸으로부터 벗어나 소란스럽게 뛰어다니기 시작했다, 깡충깡충 신이 나 방울 소리를 내며 뛰어다니는 강아지처럼. 나는 그 강아지의 이름을 알고 있었다.

난청

자고 일어나니 귀가 사라져 있다.

귀가 있던 구멍에 손가락을 넣어보니 손가락을 빨아들일 듯했다.

이것 좀 보소, 내 귀가 없어졌소.

나는 잠든 아내에게 말을 건넸지만, 답이 없었다.

베개와 이불을 들춰보아도 찾을 수가 없었다.

다 찾아보았소?

아무리 찾아도 그 어디에도 없네.

귀를 기울여봐, 무슨 괴이한 소리가 들리나. 아마 거기에 있을 게야.

이 사람아, 귀가 있어야 듣지 않겠소.

나는 낙담한 채 거실로 나와 식탁 의자에 앉았다. 분명 이 집 어디엔가 있을 터인데.

내가 앉아 있는 의자가 조금씩 닳고 있는 소리가 들려왔다.

몸을 일으켜 의자 아래를 살펴보았지만 흰빛의 꿈결처럼 먼지만 날릴 뿐이었다.

다 찾아보았소?

거실에도 없고, 침실에도 없고, 부엌에도 없네.

나는 황망해하며 서서히 날이 밝아오는 창밖을 쳐다보았다.

귀를 기울여봐, 지가 귀인 이상 제아무리 멀리 있어도 무슨 소리를 들을 거야.

난 귀가 없다고 하지 않았소.

무언가 창을 두드리는 소리가 들려왔다. 자세히 보니

밤의 귀신이었다.

날이 밝을 때까지 창을 두드렸구먼. 덕분에 어젯밤에 꾼 꿈이 예순네 개나 되었지.

창을 열어주자,

밤의 귀신은 눈곱을 떼고 하품을 하며

거대한 진흙탕 같은 어두운 침실로 들어갔다.

다 찾아보았소? 안과 밖을 다 보았냐는 말이오.

이것 좀 보소, 나를 놀리는 게요.

나는 부아가 치밀어 올라 귀신을 따라 침실로 들어갔다.

질퍽한 방바닥을 더듬으며 침대로 기어올라,

잠든 아내의 귀를 떼어 붙였다.

날이 밝아 병든 귀신이 아내의 영정사진 속에 들어가

나를 노려보고 있었다.

예순다섯 번째였다.

이웃사촌

며칠 동안 폭우다. 나는 물에 떠오르는 온갖 것의 이름을 생각하며 누워 있다. 새싹 종이 나무젓가락 볼펜 옷 머리카락 눈동자 썩은 나무뿌리 마음. 가끔 창밖으로 사이렌 소리가 들려왔다. 폭우가 쏟아져 차들이 뒤엉켜 있나 보군. 폭우에도 아이들은 학교엘 간다. 옆집 아이들이 시끄럽게 나온다. 그중 한 아이는 다리가 한쪽 없는데, 대신 자기는 아버지가 넷이라고 자랑했었다. 그게 3년 전인데, 나는 여태껏 그 많은 아버지 중 단 한 명도 만나보지 못했다. 지난 명절 때 몇몇 사람이 착각을 해 집 벨을 잘못 눌렀을 때 보니 그들은 그 아이의 아버지라기엔 너무 늙어 보였다. 그들은 모두 가느다랗고 혼탁한 눈을 가지고 있었는데, 내 얼굴을 보고서도 전혀 놀란 기색이 없었다. 개중 몇은 내 집으로 들어오려고 했다. 그중 몇몇이 아직 내 집에 있는데, 그들은 내가 잠든 사이에만 집 안을 오가거나, 내 뒤편에 서서 나를 노려보고 있는 것 같았다. 한 명 두 명 세 명. 옆집에는 네 명의 아이가 있었는데, 쌍둥이인 셋째와 넷째 중 한 명이 그 아이다. 그런데 언제부터 그 아이가 보이지를 않았더라. 그건 내가 집 밖을 나가지 않아서인가. 한 명 두 명 세 명. 폭우가 쏟아지는 며칠 동안 나는 누워서 옆집 아이들이 등하교하는 소리를 들으며 숫자를 세며, 걸음 소리에 귀 기울였다. 그 아이의 발소리는 없다. 오늘도 마찬가지로군. 폭우가 멎으면 옆집 아이들 시간에 맞춰 나가볼 요량이다. 조심스럽게 물어봐야겠다고 생각하며 어떻게든 잠들기 위해 뒤척였다. 가끔 그들은 잠든 나를 깨우려고 했다. 이봐요, 난 이미 깨어 있습니다. 난 단 한 번도 잠든 적이 없어요. 하지만 그들은 계속해서 알 수 없는 소리를 질러댔다. 나는 귀를 틀어막고 몸을 웅크렸다. 실은 그 때문에 나는 폭우와는 상관없이 늘 누워 있다. 어떻게든 잠을 자야 하니. 귀에서 손을 떼니 밤이었고 옆집과 맞닿은 벽에 내 귀가 달라붙어 있었다. 이 때문에 밤마다 시끄러웠군. 벽에 달라붙어 있는 귀를 떼려 몸을 일으키자, 소리가 확대되었다. 옆집에서 거대한 물소리가 들려왔다. 생활고에 시달리던 한 일가족이 번개탄으로 자살을 했고, 번개탄 불이 옮겨붙어 화재가 발생해 소방차가 출동했다. 며칠째 폭우인데 나는 여전히 떠오르지 못했다.

아궁의 시

그는 대체로 이름 대신 동물로 불렸다. 가끔
그의 마음이 몸으로부터 벗어났기 때문이다. 그때마다
있는 힘껏, 그의 마음이 이 불타는 도시에 숨을 곳이 없다는 사실을
알고 되돌아올 때까지 우리는 그의 몸을 붙잡고 있어야만 했는데,
술집 주인은 계단 맨 위에 서서 우리를 내려다보며 희미하게 웃을 뿐이었다.

몇 년 후 이름 대신 동물로 불리던 그는 결국 그 계단에 그대로 누웠다.
목조계단이 되었다. 계단을 오를 적마다 들려오던 소리는

마음 없던 그의 몸이 내던 짐승 소리 같아서 우리 중 몇몇은
서로 힘껏 포옹하기도 했는데 영영
숨어 있을 수 있다고 여겼던 그 술집마저 불타버렸다는 소식.

우리 중 몇몇이 그곳을 기리기 위해서 다시 모여 서툰
조시를 읽다가 헤어졌는데, 걸으면 걸을수록 돌아갈 집이 늘어나서
다시 되돌아왔다고 툴툴대며 재차 모인 새벽의 겨울이었다.
모두 추위와 허기에 덜덜 떨며 마음이 몸을 빠져나가지 못하게 붙잡았다.
그중 한 명이 부서진 목조계단을 부숴 땔감으로 삼았

는데,

그것이 내는 소리가 이리도 아름다운 시일 줄 몰라서
황홀하게
그 불을 바라보았다. 불에 비친 우리는 너무나 환해져서,
이런 대관절, 몸이 투명할 정도로 환해서야 숨을 곳이
없다고
서로의 마음을 바라보다가 서로를 증오해버렸다는,
그래서 영영 우리가 사라졌다는 소식.

나는 폐렴으로 죽었지. 나는 굶어 죽었고, 너는 미쳐
죽었지.
나는 술에 취해 길에서 잠들다 죽었어. 그래서 난 아
직 죽은 게 아니야.

봐, 강에서 자꾸 올라오는 차갑고 투명한 손들이 우리를 꽉 붙잡고 있어.

네 팔을, 네 다리를, 네 머리를. 그 손들이 우리의 몸을 산산조각

내서 타오르는 불속으로 던지는구나, 봐, 이 불을, 이 불속을 흐르는 투명한 몸!

우리의 마음이 몸을 버린다면, 우리를 붙잡아줄 것이 있을까.

계단 맨 위에는 술집 주인의 유령이 불타는 양팔을 휘두르며

소리 없이 거대한 붉은 입을 벌리고 있었다고.

(이것은 이름 대신 동물로 불렸던 그가 쓴 시의 한 부분이지만,

우리 사이에서 절대 꺼내지 않는 비밀이었다.)

꽃무릇

삶보다 문학성을 더 인정받았던 그는
사람들은 겸양과 실제 무능을 구분하지 못한다고
내게 가르치곤 했다. 그렇지
않으면 앞을 보지 못하는 사서나,
말 못하는 오페라 가수 취급을 받을 거라고.

나는 그의 모든 말을 받아 적지는 않았으나,
그의 문장 사이에서 가끔 느껴지는 것들,
예를 들어 등뼈를 타고 하얗게 흘러내려 가는 겨울의 손끝이나,
거대한 가마솥에 펄펄 끓는 물과 담긴 채 조금씩 졸아들다 굳은 아이들의 심장 소리
때문에 그가 부를 적마다 대면하곤 했다.

그는 내 문장의 접속사가 녹슨 나사 같다고 지적했는데,
그때마다 내가 앉아 있던 의자가 삐걱거렸다.
본 적 없는 젖은 손이 내 어깨를 짓누르고 있기 때문이다.
내 문장이 깨진 안경을 쓰고 읽는 법문 같다 했을 땐
실뿌리처럼 많아진 그 손이 내 머리를 덮었는데

어느 날엔가 구설수에 시달려 도통 만날 사람이 없던 그가
나를 불렀는데, 멀찌감치 꽃무릇들 사이에 머리가 쭈뼛 선 채
서 있는 그를 보았다. 순간, 내 머리가 등 뒤로 돌아가 버려서

그를 향해 뒤로 걸어갈 수밖에 없었는데, 나를 발견한 그는 머리가 땅으로 떨어졌고, 나는 그와 꽃무릇을 영영 분간할 수 없었다.

진상들

타고난 이야기꾼이었던 그의 주변에는 늘 사람들이
북적였다.
그것은 그의 이야기 때문이 아니라, 그의 자리 때문이
라는 건 모두 알고 있지만
자칫 그의 옆자리에서 밀려나는 것이 두려운 듯, 대개
사람들은
박수를 치며, 기형적으로 허리를 굽히며 웃었다.
그는 자신의 영지를 바라보듯 그들을 살폈다.

거기, 죽은 나무처럼 허공에 떠 있는 검은 이는 누군
가, 이리 와보게.
그가 나를 자신의 옆으로 불렀을 때 그들은 모두 한
얼굴이 되어
가느다랗고 교활한 눈으로 주변을 둘러봤다.

(아마 그건 그가 허공이라 말했기 때문일 테다.)

일행인가? 신인인가 보지. 요즘 젊은 친구들은 인사를 안 해.

그는 옆자리에 나를 앉히고선, 나이와 고향 따위를 묻고 난 후

한층 더 크고 높은 목소리로 이야기를 이어갔다.

나는 이들이 말하는 문학과 국가와 슬픔과 분노와 애도와 사회적 병폐와 더러운 민족성과 그로 인한 저열한 음담패설 따위에 이미 아연실색하였던 터라

대관절 무슨 표정을 지어야 할지 알지 못해

그저 내 앞에 놓인 덜 익은 소시지를 씹으며 앉아 있었다.

그때 옆자리에 앉은 모자라 보이는 중늙은이가 미친 듯 웃으며

보이지 않게 내 옆구리를 쿡쿡 찌르는 탓에 사레들려 기침이 나왔다.

(그건 당연히도 너도 같이 웃으라는 의미였을 테지만)

나는 부러, 더 크게 더 오래

모두의 소리가 묻힐 정도로 크게 기침하기 시작했다.

그는 내게 물을 건네며 골똘히 내 얼굴을 읽더니,

(이때 처음으로 그는 문학적인 표정을 지었다.)

낮은 목소리로 자신이 누군지 아느냐고 물었다.

나는 그가 준 물컵을 물리고 아내가 셋이고, 자식은 다섯이고 그중 하나는 세상을 떴고, 이젠 기댈 데가 없는 분이라 답하니

그는 벽 속에서 보이지 않는 가느다란 손들이 간지럽히듯 온몸을 배배 꼬며 호탕하게 웃기 시작했는데,

(그것은 마치 살아 있는 문학의 장르, 아니 그의 온몸이 장르가 되었다고 할까.)

나뿐 아니라 모두들 그 모습에 잠시 정신이 어지러웠으나,

이내 자리에 앉은 이들 또한 같은 얼굴로 같은 소리로 같은 자세로 일사불란하게 웃기 시작했다.

그리고 나는 한 손에 들고 있던 계산서를 그에게 내밀고 영업시간이 끝났다 전하고 일어났다.

계산서를 본 그들은 더 미친 듯 웃다가 순식간에 사라졌다.

술집 안에는 그 웃음소리만 남아 있었다.

재와 물고기

그는 언제나 사냥당한 것들을 그렸다. 그것들은 문을 열면 곧 들이닥칠 듯 생생했다. 아직 살아 있어? 나는 문고리를 붙잡고 있었다. 생생하게 죽어가는 것들. 단단한 벽 속을 다니는 바람처럼 사방으로 냄새를 풍기며 스며들 것들. 그는 이젤이 흔들릴 정도로 캔버스 위로 거칠게 붓을 두드리다 말고 나를 돌아보고선 이것은 그림에 불과하다고, 살아 있지도 죽어 있지도 않으니 그만 문을 열어주라고 말했다. 그의 눈은 속이 훤히 들여다보이는 투명한 은회색 빛 물고기 같았다. 문고리를 붙잡고, 문을 열기 싫다고, 문을 열면 그것들이 들어올 것 같다고 내가 말하자 그는 몸을 일으켜 내 어깨와 문고리를 붙잡고 있는 손에 이끼로 뒤덮인 은백양나무 껍질 빛깔인 자신의 손을 올렸다. 그의 손에 힘이 들어갈 때마다 투명한 물고기들이 춤을 췄다. 그의 얼굴 가득히 번지는 투명한 춤이었다. 그의 손에서는 춤의 비린내가 풍겨왔다. 그 냄새에 나는 뒤덮여졌다.

*

당신은 어루만져졌다. 손의 주인이 누구인지도 모르지만, 당신은 젖은 침대에 눕혀졌고, 당신을 눕힌 자가 누군지, 당신을 눕힌 기억이 무엇인지, 당신을 이곳으로 데리고 온 삶이라는 배의 선장이 누군지, 그 배가 어떤 나무로 만들어졌는지 모르지만, 누군가 당신에게 주사를 놓았고, 투명한 약물이 번지는 당신의 몸을 당신은 남처럼 지켜볼 뿐이었다. 그렇다면 손의 주인은 누구인가. 손이었던가. 누군가의 발길질이었던가. 당신이 낡은 가죽 가방을 질질 끌고 문을 열고선 그곳을 나오려 했을 때, 아니면 그와 마지막 밤을 보냈을 때 당신을 향해 쏟아지던 발길질이었던가. 당신은 당신의 기억에 의문을 갖고 있다. 기억이란 대개 반투명한 것들이어서, 실체를 뒤틀거나 파괴하기 때문이다. 이 기억은 잘못된 것임에 틀림없다. 당신은 분명 여기에 눕혀져 있으나, 지금 당신이 누워 있는 모습을, 당신의 몸이 잿빛으로 변해가는 것을 보고 있으나 그 손, 혹은 발의 주인이 누구인지 알 수 없다.

*

클로드 모네와 그의 부인 카미유 동시외는 그들에게 도움을 주었던 화상 에르네스 오슈데가 사업에 실패하자, 그 가족을 자신들의 집에 기거하도록 한다. 오슈데는 곧 그 집을 떠났지만, 이상하게도 오슈데의 부인 알리스와 그 자녀들은 모네의 집에서 머문다. 이즈음 병에 걸려 앓고 있던 카미유 동시외는 모네와 알리스의 알 수 없는 관계에 괴로워하면서도, 극진히 자신을 보살피던 알리스에 의지할 수밖에 없었다. 그리고 1879년, 카미유 동시외는 사망한다. 이날 클로드 모네는 자신의 뮤즈였던 카미유 동시외가 임종을 맞은 모습을 그림으로 남긴다. 카미유가 죽은 후, 알리스는 카미유의 사진과 그녀가 모네와 주고받은 편지를 모두 없애버린다. 1891년, 남편 오슈데가 죽자 알리스는 모네와 결혼한다.

에테르포클록스카프*

그는 테이블 위에 과일들을 정렬했다. 온전한 사과 한 알과 반으로 나눈 사과, 포도 한 송이, 파인애플. 그에게 그것은 한여름의 기운이고 주근깨고, 부끄러움이고, 못다 이룬 꿈이었다. 그것을 그린다 한들 그 누구도 사지 않을 것이다. 하지만 그리지 않을 수 없었다. 그는 그런 사람이라고, 나는 읽었으므로, 그를 찾아가는 걸음이 그리 가볍지만은 않았는데

그는 자신이 왜 인터뷰의 대상이 되었는지, 누가 자신을 추천했는지 묻지도 않았다. 그저 매일 그래왔듯이 나를 대했고, 인터뷰 내내 붓을 놓지 않았고, 내 얼굴조차 쳐다보지 않았다. 나는 사과가 갈색으로 변해가는 것을 지켜보았다. 나는 눈을 감고 밤의 강에 놓인 다리 사이로 검은 물들이 쌓이는 것을 보았다. 그는 변해가

는 사과를 바라보다가 낙담한 듯 얼굴을 찌푸렸다. 그리고 붓을 놓고 서서히 고개를 들어 나를 노려보았는데

그는 자신의 그림 속에 내 얼굴이 들어가 있다고, 그것은 나의 말이나 목소리가 불러일으킨 이미지라고 말했다. 나는 몸을 일으켜 그의 그림을 보았다. 온전한 사과 한 알과 반으로 나눈 사과, 포도 한 송이, 파인애플. 그에게 그것은 한여름의 기운이고 주근깨고, 부끄러움이고, 못다 이룬 꿈이었다. 어디에도 내 얼굴은 없었다. 하지만 그는 자신의 실수와 사랑에 빠진 듯, 황홀하게 자신의 그림을 쳐다보았다. 그것은 그만이 볼 수 있는 실수였기에

이제야 알겠군. 당신을 보낸 이가 누구인지, 왜 당신

이 나를 찾아왔는지. 이 실수가 당신을 내게 보낸 이의 선물이로군. 그의 얼굴이 더없이 환해졌다. 그렇게 환한 얼굴은, 그 오랜 시간 동안 수많은 이들과 밤의 강을 건너는 동안 처음 본 것이므로, 솔직히 말하건대 나는 그의 얼굴에 설득당했다. 그 얼굴에서 그의 삶과 말과 붓이 동시에 움직이고 있었기 때문이다. 아닙니다. 제 실수입니다. 나는 그가 붓을 놓기 전에 말을 꺼냈다. 그러고는 다시 그의 앞에 앉았다. 실수라고, 그는 낙담한 듯 다시

테이블 위에 과일을 정렬한다. 온전한 사과 한 알과 반으로 나눈 사과, 포도 한 송이, 파인애플. 그에게 그것은 한여름의 기운이고 주근깨고, 부끄러움이고, 못다 이룬 꿈이었으며, 실수로 연장되는 삶이었다. 그는 다

시 붓을 들고 그림을 그리다가, 반복되는 실수에 고개를 갸웃한다. 고갤 들어 나를 쳐다본다. 나는 눈을 감고 그의 얼굴을 기다리던 나를 바라보며 홀로 밤의 강을 건넌다.

* '실수로부터 얻은 지식'이라는 뜻의 노르웨이어.

강요배

하얗게 일그러진 추위다. 11월이 마르고 차가운 땅 위에 눕는다. 아무런 냄새 없는 11월의 땅 위로. 우리는 얼어 죽은 이의 장례를 치른다. 묽고 흐린 태양빛. 지붕 아래엔 새들이 죽어 있었다. 고개를 들자, 나무 위에 시꺼멓게 모인 새들이 하나둘 땅 위로 떨어지고 있었다. 죽은 새의 왕이 꺾인 날개를 보며 말했다. 우리는 여전히 타오르는 노란 불꽃이야. 오래 앓다 햇빛 아래 처음 선 사람처럼 중얼거렸다. 친구들과 엄마들이 가슴을 치며 울고 있었다. 울며 나를 붙잡고 무슨 말을 하는데 잘 들리지 않았다. 멀찌감치 서 있는 늙은 개의 배가 눈덩이처럼 부풀고 있었다. 하얗고 동그랗게. 산등성이 짐승처럼 꿈틀거리며, 마술처럼 보이지 않던 마을을 언덕 위로 밀어 올리고 있었다. 처음 태어난 마을로 터질 듯 부푼 배를 질질 끌며 늙은 개가 걸어가고 있었다. 누군가 내 손을 끌었다. 친구들과 아빠들은 가슴을 치며 맨 손으로 땅을 파고 있었다. 그들 사이에 웅크려 언 땅을 팠다. 장례는 끝나지 않을 것이다. 장례식에 모인 모든 이들이 울며 함께 땅을 파고 있었다. 11월의 발톱이 모두의 손을 할퀴어, 땅이 검붉어지고 있었다. 장례는 곧 끝날 것이라고, 죽은 새의 왕이 말했지만, 나는 믿지 않았다. 일어나, 젖은 짐승처럼 들썩거리며 하얀 김을 내뿜는 굽은 등을 내려다보고 있었다. 그리고 나는 들었다. 마을 입구에서 늙은 개가 쓰러졌다. 팽팽하게 부풀어 오른 배가 터지자, 노랗고 기다란 불꽃이 태어났다. 11월이 불꽃의 머리채를 질질 끌며 다녔다. 불꽃은 납빛 강이 되어 우리의 장례를 휘돌며 흘러갔다. 오래된 집들이, 목이 잘린 석상들이 천천히 납빛 강으로 내려왔다. 낡고 끔찍한 기억을 보고 있는 강의 희미한 꿈 같았다. 나는 그 강을 건너 그림 속에서 빠져나왔다. 그림 속 사람들은 대부분 발이 없이 걷고 있었다. 미술관을 나와 돌아오는 길에, 신발 한쪽을 잃어버렸다. 밤보다 긴 이불을 덮고 잠이 들었다.

문학기행

모두 모였는지 헤아렸다. 누군가 빠져 있는걸. 버스 기사가 지루해하며 대체 언제 출발할 거냐 물었다. 분명 명단에 있는 이름은 전부 체크했는데, 한 명이 빈다. 다시 한 번 이름을 호명하지만 마찬가지다. 나보다 어린 교수가 다가와 이제 그만 출발하자 종용해, 버스에 올랐다. 어찌 이런 문학기행에 인솔자가 되었는지 모르겠고, 대체 누가 오지 않은 것인지도 모르겠고, 버스를 타고 한 시인의 생가에 간다는데, 그 시인의 이름도 모르겠고, 아무것도 모르겠는 심정으로 차창을 바라보았다. 하긴 이런 일이라도 해야지 이곳에 발붙이고 있지. 어느 사이 버스는 예정된 장소에 도착했다. 특별히 시인의 증조부께서 우리를 이곳에서 하룻밤 묵게 해주었다고, 오늘은 백일장이 있을 거고, 특별 심사위원으로 나를 초대했다고 어린 교수가 공지했다. 버스 기사가 깜짝 놀란 듯 나를 돌아보았는데, 나는 무관심하게 생가를 보는 척했다. 심사 이야길 들은 적 없으나, 할 일이 있으니 그나마 다행이군 싶었다. 생가 앞에 놓인 시비를 읽고서 주변을 둘러봤다. 낮고, 낡은 회색 담벼락이 시인의 생가를 둘러치고 있었고, 담을 따라 하얀 깃털들이 여기저기 흩어져 있었다. 고양이의 짓이로군. 네, 아주 교활하고 잔혹한 늙은것이죠. 돌아보니 이곳의 관리인 듯한 사내가 내 옆에 서 있었다. 키가 크고 붉은 얼굴을 한 사내는, 이곳을 찾은 외지인은 정말 오랜만이고, 이렇게 시인의 시를 기억해주는 사람들이 아직도 있어 보람이 있다고 덧붙였다. 나는 예의상 고갤 끄덕이며 미소를 지었다. 봄밤이면 종종 이곳에서 죽은 아내를 만나기도 하지요. 그건 아른거리는 봄의 은총입니다. 그리고 손을 치켜들며 말을 이었다. 저 하늘을 보시죠. 붉은 구름이 저녁의 아내처럼 낮게 소용돌이치며 번지고 있었다. 저건 오늘밤 아내가 찾아올 거라는 전조입니다. 풀 위로 작은 불꽃들이 굴러다니고 하늘은 점점 붉어져갔고, 아직 채 녹지 않는 눈도 물들어갔다. 실은 전 시인의 아버지입니다. 나는 다시 한 번 그를 쳐다보았다. 그는 옷을 거꾸로 입고 있었는데, 그의 뒤로 인근에 사는 듯한 이들이 자신도 시인의 아버지라고 내게 말하고 있었다. 모두들 시 속에 나오는 돌멩이나, 소라껍질, 새의 머리나, 짙은 안개, 나무뿌리를 움켜쥔 검은 손, 불편한 기억과, 짐승의 비명 등을 들고 있었다. 옷을 거꾸로 입은 사내가 말했다. 네가 우리를 찾았듯, 우리도 너를 찾았단다, 아들아. 나는 화들짝 놀라 그들로부터 도망쳤다. 얼마나 도망쳤을까, 우리가 타고 온 버스가 물밑으로 가라앉아 있었다. 모두들 등을 둥글게 말고선 시인의 생가에 깔란 검붉은 바닥을 더듬고 있었다. 여전히 한 명이 비어 있는 상태였다.

불면

정신을 차려보니 낯익은 술집 안이었다. 긴 테이블에 앉아 있는 이들은 전 직장의 사장과 내 직속 상사, 그 전 직장의 동기들이었다. 나는 이 예기치 못한 자리에 왜 불려 나와 있는지 이해할 수 없었다. 그들은 최근의 문학 동향이나 예술에 있어서 정치적 신념을 어떤 방식으로 구현해야 하는지에 대해 떠들고 있었다. 다시 정신을 차리고자 담배를 물었다. 근 며칠간 불면으로 고생했는데, 이제야 겨우 내가 잠들었다는 사실을, 그리고 이 술자리는 꿈에 불과하다는 사실을 깨달았다. 드디어 잠들었군. 그런데 이런 꿈이라니, 다소 맥이 풀렸다. 담배를 피우며, 나는 내가 만든 낯익으면서도 낯선 술자리와 사람들을 쳐다보았다. 모두 완벽해. 완벽하기 이를 데 없어. 흐뭇하게 또 한 대를 피워 물었는데, 옆 테이블에 있던 이들과 시비가 붙었다. 거나하게 취한 검은 얼굴의 사내들이 테이블을 뒤집어엎었다. 그러자 모두들 한 몸이 되어 도망치기 시작했다. 취객들에게 쫓기며, 나는 이들이 누구인지 기억하려고 애썼으나 도저히 알 수 없었다. 그리고 이들 중 몇 명이 꿈에서 깬 지금도 내 집에서 나를 찾고 있어서, 한밤중에도 집 안의 불을 전부 켜놔야 했다. 며칠 전 화장실 불을 끈 것을 깜박하고 무심결에 문을 열었을 때는, 그중 한 명이 세면대에서 머리를 감고 있는 것을 발견했다. 하얀 수증기와 검은 형체로 인해 화장실 안은 온통 흑백이었다. 그는 나를 돌아보고선, 태연자약하게 까마귀처럼 검고 윤기 나는 머리카락을 쓸어 올리며 지난날의 실수는 상호간에 덮어주는 것이 예의 아니겠느냐며, 중요한 것은 지금 이 현실이라고 말했다. 검은 물이 그의 온몸을 타고 흘러내리고 있었는데, 물이 고인 그의 어두운 발밑에서는 취객들이 술에 취해 떠드는 소리가 들려왔다. 낯익은 목소리였고, 한 줄기 담배 연기가 흑백 속으로 올라오고 있었다.

노안

이야기의 길목처럼, 낡은 책이 펼쳐져 있었다. 책날개에는 저자의 얼굴 사진이 흑백으로 인쇄되어 있었는데, 누군가 이름 부분에 개칠을 해놓았다. 고약한 버릇이로군. 저자의 이름을 알 수 없는 책이라니. 낡은 책에선 귀신이나 맡을 수 있을 냄새가 나고 있었다. 대강을 살핀 후 그 책을 사들고 헌책방을 나왔다. 작고 날카로운 불덩이들을 매달고 있는 나무들 사이로 바람이 불었고, 차디차고 메마른 불이 번졌다. 몇몇 사람들은 머리나 어깨에 불덩이를 얹은 채 바쁘게 걷고 있었다. 요란한 세월이었다. 쥐처럼 놀라 도망치는 세월이었다. 그래도 책을 읽기 좋은 계절이야. 벤치에 앉아 책을 펼쳤다. 무언가 머리 위를 맴돌고 있었지만, 그저 계절의 조화라 여겼다. 무엇보다 이 책의 이야기는 아무런 입구도 없이, 무작정 나를 모르는 길에 세워두고 떠미는 느낌인지라, 자못 흥분한 상태였다. 이야기가 뱀이 되어 흘러 들어왔다. 나는 다시 책날개 속 저자의 얼굴을 확인했다. 이미 죽은 사람의 냄새를 맡을 수 있었으나, 대관절 언제 적 인물인지, 내용으로도, 사진으로도 알 수 없었다. 그날 밤, 책 속의 인물이 걸어 나와 내 서재의 책을 모두 불태우는 꿈을 꿨다. 나는 늦은 오후에서야 악몽으로 부풀어 오른 붉은 눈으로 일어났고, 곧장 서재로 향했다. 다행히 서재는 아주 고요한 상태였고, 나는 일기장을 펼쳐 평범한 꿈을 꾸었고 늘 그럴 것이라고 적었다. 그럴 것이다. 그렇게 될 것이다. 주문이라도 되는 양, 붉은 눈으로 적어 내려가고 있었는데, 그가 다가왔다. 이런, 내 눈이 아직 꿈을 꾸고 있는 상태로군. 그의 기척을 눈치챈 순간, 나는 자기 마음대로 빙글빙글 움직이고 있는 내 눈을 느꼈다. 눈알을 빼 손안에서 잠재

우려고 했는데, 그가 나의 손을 붙잡았다. 그는 내가 쓴 책을 내밀고선, 이건 내가 아닌 자신이 쓴 거라고 주장했다. 그리고 나를 자신의 장례식에서 봤다고 덧붙였다. 나는 당신의 얼굴도, 당신의 이름조차도 모르며, 어제 처음 당신의 책을 보았으니, 그럴 리가 없다고 말했다. 그는 그렇다면 여기 일기장에 빼곡히 적어놓은 이름은 무엇이냐고 물었다. 나는 당신이 헷갈린 것이라고, 나는 분명 그럴 것이다, 그렇게 될 것이다라고 적었다 주장했다. 그러자 그는 아쉬운 듯 웃으며 사라졌다. 책을 펼쳐 책날개를 보았다. 저자의 뒷모습이 흑백으로 인쇄되어 있었다. 점점 멀어지며, 뱀이 되어 이야기 바깥으로 흘러 나가고 있었다.

트레바리

그 책을 덮고 우리는 모두 다른 얼굴이 되었다. 넌 음흉해졌군. 대체 누구인 게야? 네 형형한 눈빛은 어둠 속에서 번쩍이는 빛의 알갱이들 같아. 이렇게 탐스러운 황금빛 꼬리라니, 대체 어떻게 관리하는 건가? 꼬리라고? 난 사람이어야 했는데, 책을 읽다가 잠든 모양이로군. 우린 모두 무엇인가가 되었는데, 다만 그전의 우리가 누구였는지는 알 수 없었다. 또 유일한 거울이라곤 책밖에 없는 상황이기 때문에, 자신이 무엇이, 아니 누가 되었는지를 서로를 통하여(정확히 말하자면, 서로를 향한 말과, 언어가 숨기고 있는 마음의 표정을 통하여) 가늠할 수밖에 없었다. 그건 나 역시도 마찬가지였다. 서로가 무엇이 되었는지를 알려주면 안 된다는 이 세계의 규칙으로 인하여 나를 향한 세간의 평가에 최대한 귀를 닫아야만 했다. 서로를 향한 이런저런 평가들은 모두, 자신이 이 책의 주인공일 것이라는, 일종의 권력지향적인 믿음이 바탕에 있으므로 약간의 허황과 과장, 의도된 무시로 일관되어 있었다. 마치 알고 있는 것과, 모르고 있는 것의 양이 서로에게 평등한, 일종의 제로베이스가 된 상황이랄까. 그때 가장 구석에 있던 누군가가 갑자기 책의 문면 위로 떠오르기 시작했는데, 그 혹은 그녀는 매우 관능적이면서도 천박할 정도의 순진함을 내뿜고 있었다. 남자든 여자든 할 것 없이, 우리는 그이에게 다가가 평가를 시작했는데, 적어도 대개 이런 캐릭터의 인물은 이 책의 주인공일 리 없다는 믿음이 깔려 있었다. 너는 이 세계의 고통과 지옥을 모두 짊어지고 있는 것 같구나. 너는 모르겠지만, 너의 눈동자를 보고 있느니 죄책감이 느껴져. 조금은 우스꽝스러운 자신을 느끼며, 우리는 모두 일렬로 줄을 서서 그이에게 이야기하기 시작했다. 다만 나의 경우에 있어서는, 시니피앙과 시니피에가 다른 상태였기 때문에 그저 꼬리만 흔들어야 했다.(그 사실을 깨닫고선 나는 내 스스로 주인공이 아님을 깨달았고, 깊이 절망한 탓에 그이가 나를 쓰다듬었는지조차 기억할 수 없었다.) 이야기를 끝낸 이들은 다시 줄의 맨 뒤로 갔기에, 우리의 고리는 끊이지 않았고, 다시 내 차례가 왔을 때, 나는 침마저 질질 흘러버렸으므로, 심각한 부끄러움에 대체 내가 왜 이 책 속으로 들어와 있는지를 고민할 수밖에 없었다. 당신들은 죄다 이 기쁨의 책 속에 있군요. 줄을 서서 다음 말을 고르고 있던 우리는 죄다 그이가 보여준 책을 쳐다보았다. 붉고 두터운 표지로 양장제본된 그 책의 표지에는 수많은 책이 불규칙하게 쌓인 잿빛 작업실을 배경으로, 뿌연 담배 연기와 낡은 카바이드 등불이 놓인 책상, 찰박일 정도로 들어차 있는 검푸른 물과, 물고기들, 부서진 배, 날개가 찢긴 은회색 나방들, 저주를 걸고 있는 듯한 마녀의 손톱이 상기되는 나뭇가지, 선과 악이, 불행과 행운이 허구와 차분하게 뒤섞여 있었고, 그 가운데에는 작가인 듯 보이는 이의 눈동자가 박혀 있었다. 오, 이런 저 거대하고 투명한 눈동자를 좀 보라고. 그것은 새로운 거울이 되어 우리를 비춰주었는데, 거기에 비친 자신이 지금의 자신과, 그리고 그전 애초의 자신과는 또 다른 모습이어서 우리는 이 모임으로부터 벗어날 수 없음을 깨달았다. 물론 나는 여전히 사람이 아니었으므로, 눈을 떴다. 새벽이었고, 취기가 가시질 않았고, 책상 위에 놓인 붉은 성경 위에 고개를 처박고 생활에 지친 개처럼 침을 흘리며 잠들어 있던 터였다.

카르마

아버지가 돌아가셨다. 이제 여기는 낯선 방이다. 이 방이 내게 어떤 꿈을 꾸게 할까. 난 자리가 티가 난다는 말은, 부재란 윤리와 면피를 꿰매 붙인 자리라는 뜻 같구나. 침상 위에는 밤보다 긴 이불. 아버지가 누웠던 자리에는 병이 여전히 남아 홀로 앓고 있다. 여기에서 가장 익숙한 것은, 저 헐떡이는 병뿐이니 나는 스스럼없이 가서 그 위로 눕는다.

오래 앓다 햇빛 아래 선다. 단단하고 검은 돌에 부딪히는 부드럽고 하얀 물처럼 11월이 내 겨드랑이를 휘감고 명치가 저리다. 하얀 꽃잎이 중얼거리며 떨어진다. 전날 밤, 천사가 나의 방문 앞을 지나갔는데 그가 내게 가장 소중한 것이 무엇인지 눈치챌까 두려웠다. 그때 밤이 재빠른 손길로 나의 숨을 막았다. 순간, 내 몸속에서 낯설고 뜨거운 짐승들이 춤을 췄다. 그리고 나는 기적적으로 일어났다. 기적이로군. 나는 중얼거렸다.

누군가 화장실 물을 내리는 소리에 잠이 깨었다. 식구들은 모두 잠들어 있었다. 긴 이불을 더 깊은 밤 속으로 밀어내고선 화장실에 갔다 돌아오니 누군가 내 자리에 누워 있었다. 이보시오, 당신은 누군데 내 자리에 누워 있소. 내 소중한 식구들이 깰까 봐, 중얼거리며 그를 깨웠으나, 그는 일어나지 않았다. 부아가 치밀어 그가 덮고 있는 이불을 걷어냈는데, 이불이 끝없이 이어졌다. 이렇게나 긴 이불이라니. 나는 밤보다도 긴 이불을 걷으며 놀라 중얼거렸다. 밤새 이불을 걷어내다 지쳐 쓰러졌다.

눈을 뜨니 낯선 방이다. 이제 나는 누가 동정해주나. 움직일 수가 없었다. 다만 짙고 두터운 머리카락만 치렁치렁 자라나 내 몸을 휘감고 있어 움직일 수가 없었다. 이제 누가 나를 풀어주나 싶을 때, 발이 없는 누군가가 다가와 내 머리카락을 뭉텅뭉텅 자르며 울기 시작했다. 천사로군. 나는 생각했다. 창문을 열어놓은 탓에 천사가 들어온 게야. 얼음의 깃털들이 날리고 있잖아. 하지만 이 밤이 더 길지, 내 머리카락이 더 길지 알 노릇이 없었다.

흰빛을 다 쏟아낸 태양이 기진하여 붉은 속살들 드러내고 있었다. 나는 돌아와 다시 눕는다. 이는 익사의 매우 전통적인 방식이다. 나는 지금 물 아래에 있다. 내가 처음 말을 배운 동네도 물속에 가라앉아 있다. 내 몸 위로 촘촘히 쌓이는 물. 11월. 눈을 뜨면 얇은 얼음의 깃털들이 떠 있다. 나는 물속에 방을 만들었다. 나는 물기가 마르지 않은 귀신. 이제 막 귀신의 꿈을 꾸기 시작했는데, 내게 가장 소중한 것이 내 꿈속으로 들어왔다.

매미

더없이 맑고 차가운 겨울이었다. 나는 꽁꽁 언 손을 비비며 걷고 있었다. 이상하네, 왜 옷에 주머니가 없지. 의문스러웠으나 그건 나흘째 아내가 집에 들어오지 않았기 때문이라 생각했다. 새벽. 겨울. 거리엔 걸어 다니는 사람도, 잠든 사람도 없었고 간간이 빠른 속도로 투명하고 고요하게 다물어 있던 겨울의 단단한 입을 찢으며 달리는 차들만 있을 뿐이었다. 신호등 앞에서 보행신호를 기다리고 있는데 이상한 기척이 느껴졌다. 나는 언 손을 비비며 주위를 둘러보았다. 검고 가느다란 겨울나무와 늙은 매미의 허물이 있을 뿐이었다. 자세히 보니 허물을 벗다 얼어버린 매미였다. 매미는 온 힘을 다해 가늘게 날개를 떨고 있었다. 시든 여름이야. 얼어버린 여름이야. 어린 시절 나는 종종 매미를 줄에 묶어 빙빙 돌리곤 했는데, 그때마다 매미는 더 크게 울었다.

여름아, 끝나라. 여름아, 끝나라. 나는 그렇게 하면 여름이 끝날 거라 여겼고, 실제로도 그랬던 것 같다. 하지만 지금 내겐 줄도 없고 주머니도 없고 아내도 없었다. 나는 살아 있지 않아. 늙은 매미가 말했다. 그건 말도 안 되는 일이야. 네 날개, 차갑고 흰 허공으로 가득한 네 배, 나무 빛깔 네 몸통. 너는 내가 보았던 매미들과 똑같아. 너는 나와 함께 지독했던 여름을 끝내던 매미들과 똑같아. 나는 대답했다. 나와 말을 한다는 게 가능하다고 생각하니, 이 명확한 불확실함이? 그러니 나는 살아 있는 게 아니야. 매미가 답했다. 일리가 있는 말이었으나 나는 이 상황 자체를 납득할 수 없었다. 다만 매미가 다소 수다스럽고, 고집스럽다고 여기며, 잠시 아내를 떠올리며 언 손을 비비고 있었다. 나는 살아 있지 않아. 나는 매번 같은 소리만 내는 매미가 아니야. 시든 여름이야. 얼어버린 여름이야. 매미가 무용한 기도문 같은 말을 계속 했기 때문에, 나는 슬슬 흥미가 떨어지기 시작했다. 거리엔 아무도 없었고, 이젠 차도 다니지 않았고, 신호등조차 꽝꽝 얼어 작동하지 않는 듯했다. 내 이마 위로 겨울이 가늘고 깊은 선을 긋고 있었다. 나는 언 손을 비비며 텅 빈 도로를 건넜다. 시든 여름이야. 얼어버린 여름이야. 매미는 계속 울고 있었다. 도로를 건너고 뒤돌아보니, 겨울나무 뒤편에 풍경처럼 깔린 등성이 사이, 흰빛과 냉기를 쏟아낸 태양이 기진하여 저녁의 붉은 속살을 드러내고 있었다.

Pedrolino

실업을 당했습니다. 이제 나는 더 이상 어릿광대가 아닙니다. 이건 비유가 아닙니다, 어릿광대. 당신을 웃기는 사람. 당신이 생전 처음 보는 표정을 짓는 사람. 뻔한 사물의 쓸모를 궁리하는 사람. 당신이 알고 있는 그 어떤 이야기보다 더 늙은 사람. 그 이야기에서 숲을 꺼내고, 책상을 꺼내고, 술을 꺼내고, 풍선을 꺼내는 사람. 아주 낮게 날아서, 아무도 날고 있다고 생각하지 못하는 새 같은 사람. 늘 미리 반성하고, 미리 사라지고, 사후에 얼빠져 나타나는 사람. 스스로를 몽상가라 여기는, 늘 실패하는 말들만 던지는 사람. 어릿광대에 대한 비유는 넘치고 넘쳐서 굳이 설명할 필요야 없지만 혹, 당신이 어릿광대가 되고 싶다면

당신은 그 무엇도 되지 못한 하찮은 아이여야 하고, 가방 속에서 몇 날 며칠이고 잘 수 있어야 하고, 마루

밑에서 쥐들이 어둡게 살찌는 소리를 들을 수 있어야 하고, 부서진 손으로도 기도하는 석상처럼 기다릴 줄 알아야 하고, 조용히 부패하는 순교자의 머리가 되었다가, 실패한 혁명가를 조롱하며 뒤돌아서는 프락치의 표정도 지었다가, 사랑도 없이 치오르는 침대의 사지에 묶여서도 경험했으나 설명할 수 없는 욕망에 시달려야 하고, 그것을 망설이는 희망이라 여겨야 하고, 물기가 마르지 않는 귀신처럼, 발이 없어도 물자국을 남길 수 있어야 합니다.

이건 이 직업에 대한 아주 오래된 규칙서에 나온 이야기인데, 역사상 가장 위대한 어릿광대라 불리는 한 사내는 어린 시절 집에 거울이 없어서 둥근 시계추를 거울로 삼았다고 합니다. 매일 움직이는 시계추를 따라 얼굴을 흔들다보니, 어느새 머리만 혼자 남아서 시계

앞에 움직이고 있었다고. 그리고 삽화 아래 이렇게 적혀 있습니다. "그는 죽었다. 다시 살아나지 않는다."* 어느 판본을 보든 그 페이지의 모서리가 접혀 있을 겁니다.

* 윤경희, 『분더카머』, 문학과지성사, 2021, 234쪽.

壎

그날 우리는 오랜만에 마주했다. 너무 오랜만이라, 그간의 안부를 묻고 나니 할 말이 없었다. 잠시 후, 그녀는 조심스레 곧 부모님을 만나러 갈 거라고 말했다. 나는 그녀에게서 부모님에 대한 이야기를 들은 적이 없던 터라, 어떤 분들이었는지 궁금했다. 그분들은, 그녀는 가늘게 눈을 뜨고서 기억의 동굴 속에 가둬둔 늙은 맹수를 끌고 나오듯, 말을 했다. 풀을 뜯었어. 돌아가시기 전까지 풀을 뜯었지. 그녀는 부모님을 만나 함께 산책하며, 어릴 적 함께 풀을 뜯던 동산에도 오를 거라 했다. 그녀는 잠시 눈을 감았다가 떴다. 환하고 둥근 빛이 그녀의 얼굴 위로 번졌다. 아. 나는 잠시 탄식했다. 언젠가 그 빛을 본 적이 있기 때문이다. 동생이 악기로 변하기 전, 눈동자에 발하던 빛. 원망이 여전히 손가락에 남아 있어. 이 손으로는 그 무엇도 다룰 수 없어. 방에서 한 발짝도 나오지 않고 온종일 울던 동생은 결국 항아리 모양의 작은 악기가 되었는데, 나는 그것을 차마 어쩌지 못해 동생 방에 그대로 방치해두었다. 가끔 바람이 심하게 부는 날이면 악기가 된 동생이 저 혼자 낮고 은은한 소리를 내곤 했는데, 그때마다 이 마을을 떠나지 못하던 귀신들이 창문에 들러붙어서 집 안으로 들어오려고 했다. 악기가 된 동생의 소리와, 소란스러운 귀신들의 소리에, 멋도 모르고 창문을 열었을 때 들어온 이가 그녀였다. 아마도 그곳은 천사들도 두려워하는 곳일 거야. 그리고 나는 그녀를 바라보았다. 이미 그녀는 조금씩 사라지고 있었다. 나는 그녀가 언제 이곳으로 돌아올지 궁금했으나 차마 묻지 못하였다. 그녀는 아마 새사람이 되어서 돌아올 것이라고, 혼잣말처럼 내게 말했다.

미메시스

그해 겨울, 나는 죽은 것 같았다. 혹은 그와 비슷한 상태인 듯했다. 억센 겨울이 굽혀놓은 손가락을 조심스레 펴 보았다. 어린 시절, 잔뿌리처럼 퍼져 있던 골목길 끝에 있는 낡은 공장에서 한 소녀가 죽은 채 발견되었다는 소문을 들었다. 아랫도리가 검게 멍든 채 피철갑이 되어 있었다고, 어른들이 낮게 숙덕이던 기억. 그 공장을 지날 때마다 들려오던 철이 쪼개지는 소리가 내 손가락에서 들려왔다. 바위 속에 숨어 있던 귀신들이 깨어날 만큼 커다란 소리였다. 그들이 내게 말했었다. 그 숲으로 들어가지 말라고. 하지만 마을에서 마을로, 숲에서 숲으로 검푸른 냉기와 습기를 뿜으며 그들이 지나갔고 나는 그 뒤를 따랐다. 이 일의 결국을 알고 있었으나, 그들은 이해할 수 없는 성분으로 구성되어 있다고, 아버지가 읽던 책에 기록되어 있었고, 아버지는 죽었지만 그 책 속에서 그의 목소리는 살아 있었기 때문이다. 책 속 목소리로만 남은 존재. 페이지를 펼칠 때마다 들려오던 철이 쪼개지는 소리. 그들이 내 다리 사이로 낮고 빠르게 지나가는 소리. 소리는 확장되고 나는 항복할 수밖에 없었으니, 이는 당연한 귀결이라 생각했다. 그리고 검은 돌밭 앞에 섰다. 돌밭 뒤로 검은 숲이 물에 젖은 짐승의 등짝처럼 하얀 연기를 뿜고 있었다. 겨울이 하얗고 날카로운 발톱으로 나무를 할퀴고 있었고, 나무들은 몸을 비틀고 있었다. 바위에 앉아 있던 그들이 여기까지라고 말했던 듯하다. 그들은 곧 늙은 뱀이 되어 똬리를 틀어 둥근 바위가 되었다. 나는 믿음 없는 나약한 제사장처럼 조심스레 숙덕이는 돌밭을 지나 검은 숲으로 들어갔다. 그 안에는 피보다 붉고 환한 황금빛 옥수수밭이 펼쳐져 있었다. 그것은 다른 몸으로

보는 풍경 같았다. 몸이 마음을 붙잡으려 했다. 손을 놓지 마세요. 떨어져버릴 겁니다. 몸의 소리를 들었으나, 그건 벌써 이십 년 전의 일이고, 마음 전부를 뒤집기란 이토록 어렵다고 생각했다. 몸이 쇳소리를 내며, 다시 마음을 붙잡으려 했지만 나는 손으로 억세게 귀를 막았다. 귓구멍이 손을 먹기 시작했다. 억지로 귀에서 손을 떼자, 귓구멍에서 긴긴 이야기들이 흘러내렸다. 그것은 그날 이후, 매일 밤마다 문틈으로 흘러 들어와 숙덕이던 하얗고 묽은 영혼의 목소리였다. 그 목소리를 따라 나는 온몸으로 어둠을 들이받으며 옥수수밭으로 들어갔다. 귀 밖으로 늙음과 붉음과 묽음이 꿀렁거리며 뱀처럼 끝없이 흘러나오기 시작했다.

시인 노트

내 유년의 기억들은 한 골목에 집중되어 있다. 한 팔십 미터 정도 이어진 막다른 내리막 골목. 야트막한 골목 양옆으로 낡은 주택들이 늘어서 있었고, 그 끝에 집이 있었다. 그 집에는 총 세 가구가 살고 있었다. 주인집은 전면 2층에, 다른 가구들은 전면과 후면 1층에 있었다. 나는 건물 후면에 있는 작은 방에 있었다. 나와 강아지도 있었다. 남들과 달리 없는 것들이 더 많았지만 그다지 부족하다 느낀 적은 없었다. 골목에 늘어선 집들 대부분, 서로서로 잘 알고 지낸 듯하다. 상훈, 학배, 미경, 유진 등 몇몇 이름들이 여전히 기억에 남아 있다. 그중 유독 굳게 닫힌 한 집이 있었다. 천신기와 산신기가 펄럭이던 집. 나는 그곳에 살고 있는 사람이 누군지 궁금했다. 간혹 누군가 그 앞에 조용히 앉아 있곤 했고, 그를 보며 동네 사람들이 수군거리는 것을 들은 듯도 하지만, 어린 내겐 그보다 더 궁금한 것들이 많았다.

그 골목이, 아니 그 집이 내게 준 느낌은, 어린 시절 외갓집에서 귀동냥했던 이야기들에 겹쳐지곤 했다. 홍수에 거대한 이무기가 떠내려가는 걸 봤다는 이야기, 집안에 흉흉한 일이 들끓어 조부의 무덤을 열어 확인해

보니, 이미 돌아가신 이의 머리카락과 손톱, 발톱이 키의 갑절만큼 자라나 있었다는 이야기, 커다란 구렁이가 우물가에 똬리를 틀고 자리 잡고 있어서 상을 올렸더니 아픈 몸이 나았다는 이야기 등등. 그 기묘한 이야기들은 신열처럼 내 몸 이곳저곳을 돌아다니면서 낮은 꿈을 만들곤 했다.

서른을 훌쩍 넘어서, 우리 집은 다시 그 근방으로 이사했다. 그때처럼 삶이 곤궁해져서다. 남들과 달리 없는 것들이 더 많았다. 강아지도 없고, 차도 없고, 돈도 없었다. 이제서 생각해보니 기억나는 이름도 없다. 하지만 그다지 부족하다 느낀 적은 없었다. 그것들은 애초에 나의 것이 아니라 여겼다. 단 한 번도 내 것인 적이 없었기에 당연한 것이었다.

마흔을 훌쩍 넘어, 이제 나는 그곳과 먼 곳에 있다. 없던 것들이 생겼다. 집이 생기고, 차가 생기고, 내 이름이 박힌 서너 권의 책이 생기고, 아내와 딸이 있고, 누군가는 나를 '선생님'이라고 부르고, '작가님'이라고도 부르는 걸 보니 사회적 직함도 생겼다. 물론 없는 것, 없어진 것도 있다. 강아지가 없고, 아버지가 사라졌고, 매일 출근하던 직장도 없어졌다. 그때나 지금이나 부족하다고 느끼지는 않는다. 없는 것은 없는 것이고, 있는 것 또한 언제고 있지는 않을 것이다. 하지만 더 이상 나는 어린 시절 외갓집에서 들었던 이야기들과, 굳게 닫혀 있던 그 집이 내게 주었던 기기묘묘를 믿지 않는다. 다만 그것이 없는 것이라고는 말하지 못할 듯하다. 그 낮은 꿈에서 간혹 이쪽으로 넘어오는 것들이 있을 테니까. 그리고 그것을 체험하게 하는 것이 쓰기니까.

*

하여 눈에 보이지 않는 것으로 향하는 문을 연다. 그것들이 들어와 웅성거리는 것을 듣는다. 그들은 멀리서 보면 하얗고 뿌연 것이 등을 구부린 채 서 있는 물고기들 같기도 하다. 한 발짝 그들 속으로 발을 옮긴다. 거기에서 펼쳐지는 것들은, 실상 내가 만들어낸 허상에 불과하지만, 그것은 내게 아직 미지의 영역이다. 의식이 지워버린 것들을 끄집어내는 행위가 곧 쓰기이기 때문이다. 그 낯선 질감의 것들이 나를 이루었고, 나를 규정하고, 나를 속박한다. 나로부터 지워진 것. 이미 구생신(俱生神)에 의하여 기록된 것들일 터이나, 그것들은 나로서는 보지 못하는 것들이다. 비존재의 것들.

"존재도 비존재도 마음에 나타나지 않을 때 마음은 얽힘에서 벗어나 적정하게 된다"라는 산티데바가 부른 반야의 노래를 생각한다. 산티데바는 자신을 쫓아내기 위해 지금까지 없었던 설법을 요구하던 이들 앞에서 설한다. 설법이 이어질수록 산티데바의 몸은 서서히 사라지고, 허공에서 그의 설법만 계속 이어졌다. 존재도 비존재도 마음에 생기지 않는 상태. 그것이 곧 공(空)을 체득한 상태이기 때문이다.

이 아름다운 이야기를 앞에 두고 쓴다. 말이 곧 정신의 노래가 되고, 공이 되는 진공묘유(眞空妙有)의 황홀 앞에 나의 쓰기는 처참히 비루하다. '마음의 미친 코끼리'를 단단히 잡아매기는커녕, 쓰다듬지도 못한다. 다만 그것의 연원을 찾아가는 일을 최근의 쓰기에서 해보고 싶었다. 하지만 자꾸 말을 고르고, 문장을 개칠해가는 일련의 작업들은 나의 어리석음을 다시 확인하는 일과도 같다. 어리석어 쓰고, '자, 어디 읽어보라'며 내놓기를 다섯 번째다.

*

쓰기라는 행위를 통하여, 나는 허령불매(虛靈不昧)에 이르기도 하고, 죄와 윤리 사이에서 위태로운 길항을 꿈꾸기도 한다. 불교에서 인간은 '마누샤(manusya)', '사고하는 자'라는 뜻이라고 한다. '사고'를 확인케 하는 것이 쓰기이다. 하지만 때론 그것이 나를 지워버리는 상태에 이르게 만들기도 하는데, 그때마다 내가 낳은 온갖 것들이 소란을 만드는 풍경을 확인한다. 그 소란의 한 징표가 지금의 내겐 시이다. 그 소란을 고르고 개칠하며 한 편 한 편 눌러쓰는 것이 시이다. 그리고 하나의 소란이 끝났다.

시인 에세이

아름다운 문장 앞에서, 아름다운 음악 앞에서 서성인다. 그렇게 서성이며 늙어간다. 그것들은 내 것이 될 수 없다. 순식간에 손에서 빠져나가는 차갑고 투명한 물. 그것을 잡으려 애쓰다 늙어간다. 내 손으로부터 생겨나는 물의 길을 쳐다보며, 생각한다, 이 물의 기원을.

*

맨 처음엔 언제나 기억이 있다. 아니, 보다 정확하게 말하자면 마음이 있다. 기억은 마음의 집착이기 때문이다. 하지만 보다 더 정확해질 필요가 있다. 기억이 있고, 마음이 있고, 집착이 있다. 집착은 느낌이 있기 때문이고, 느낌은 부딪침이 있기 때문이고, 나와 부딪혔던 당신이 있기 때문이다. 맨 처음엔 당신이 있다. 흔들리는 당신이 있다. 그리고 나의 생각은 여기에서 멈춘다. 그것이 아름답기 때문이다.

흔들리며 아름다운 당신이 남긴 이야기들이 있다. 물론 당신은 남기려는 의지 따위는 없었을 테지만, 나는 그 이야기를 여전히 붙들고 있다. 이 이야기 속에 당신의 몸이 여전히 있기 때문이다. 당신의 호흡이, 당신의 움직임이, 숨과 물의 길로 움직이는 생이. 나의 쓰기는, 그것을 향했었다. 그게 아마도 내가 그토록 싫어하면서도 인정할 수밖에 없는, 나의 서툰 첫 책에서 말하고자 했던 것일 테다. 그리고 그것을 누군가는 유전문(流轉門)이라고 부른다.

*

인천 송학동에는 홍예문이란 터널이 있다. 1908년 일본의 공병대가 만든 문으로, 산의 구멍을 뚫었다고 하여 '혈문(穴門)'이라 불렸던 곳이다. 가파른 오르막 정상에 한 대 정도의 차가 오갈 수 있는 작은 터널이다. 당시 혈문을 기준으로 일본인 조계와 조선인 거주지가 나뉘어 있었다. 최근 어떤 일을 하다가 1923년 기사 중 이와 관련된 흥미로운 이야기를 보았다. 혈문 벽에다 누군가 커다랗게 '수평사원래인기념(水平社員來仁記念)'이라 낙서를 해놓았다는 것. '수평사(水平社)'는 일본의 최하층민인 부라쿠민(部落民) 해방운동을 위해 1922년 설립된 단체이다. 수평사의 창립선언문은 일본 최초의 인권선언이고, 또 백정의 차별 철폐를 위해 1923년 경남

진주에서 만들어진 '형평사(衡平社)'와 교류하기도 했다,

어떤 차별이 있었고, 그것을 바꾸고자 한 이들이 있었다. 먼 식민지 본국에서의 운동을 보며, 그것이 식민지 모국으로 번지길 바라는 이들이 있었다. 그것을 벽에다 써 넣은 거친 손이 있었다. 역사의 결과를 알고 있는 지금의 시각이 아니라, 당대의 시각으로 그 손을 보아야 한다. 그러면 당시 이 땅에 살았던 이들의 절망이 보인다.

당시 개항장 주면 일본 조계지에 있던 일본인들 중 최하층민이 있었을 리는 없으니, 그 낙서는 조선인이 한 것일 테다. 조선인의 손이었을 테다. 나라가 사라졌다. 나라가 사라져 더없이 궁핍하다. 아무런 희망이 없기에, 무엇이라도 붙잡고 싶었을 테다. 그러다 식민지 본국에서 일어난 인권운동 소식을 들었을 것이고, 그 손은, 그것이라도 붙잡고 싶었던 것이 아닐까. 거기에는 식민지 본국이든 식민지 모국이든, 그 안의 최하층민의 삶은 똑같음을, 그리하여 국가와 민족을 넘어 연대할 수 있지 않겠느냐는, 어리석고 간절한 희망이 있지 않았을까.

그것이 아름다웠다. 그 어두운 희망이, 그것이라도 붙잡아야 하는 손이, 그 손을 물처럼 빠져나가는 개개인의 생과 그것을 압도하는 역사가. 무엇보다 그것이 지금도, 이 공화국도 마찬가지라는 서글픔이. 혈문에 새겨진 그 낙서는 그 무엇이든 붙잡고서 제발 나를 가엽게 여겨달라는 외침처럼 읽혔다. 그것을 옮기고 싶은 생각이 들었고, 그것이 두 번째 책에서 보여주고 싶었던 것이다. 나와 붙어 있는 세계는 고수(苦受)의 느낌이었고, 그리고 그것을 누군가는 윤리라고 부른다.

*

한 장의 사진이 있다. 딸이 네 살 정도 되었을 무렵의 사진이다. 내가 딸을 목마 태우고 있는 뒷모습이다. 그 뒷모습 속 나는, 평소와 달리 넓은 어깨를 지니고 있다. 한 존재의 무게를 이고 있기 때문이다. 어떤 존재는 다른 존재에 그 자신을 굴절시킨다. 그 둘은 그리하여 존재적 변화를 일으킨다. 서로가 없이는 살 수 없을 것 같은 시절. 누군가를 위하여 목숨을 내어줄 수 있다는 말의 의미를 온 마음으로 느끼던 시절. 딸과 나의 등으로 쏟아지던 햇빛의 시절.

그 아름다운 시절을 지나고 있었다. 아름답게 아무는 시절이었다. 그것을 온전히 옮기기에 가장 적확한 언어는 침묵일 수밖에 없었다. 그리고 그 반대편에는 언어가 놓여 있다. 언어의 소란이 남아 있다. 언어를 사용하는 이들 특유의 고약함과 위악과, 그들이 행한 악이 놓여 있다. 그것을 통과하면서, 나는 혼란 속에 있었다. 극에서 극으로, 매일을 오가는 듯했다. 속죄와 빛을 오가던 시절. 무지와 무시의 시절. 내가 본 현장의 시절. 파산의 시절.

때문에 나를 가장 괴롭히는 감정이 있었다면, 두려움일 것이다. 내 어깨가 녹아내려, 내가 받쳐 들고 있는 저 존재가 떨어질 것만 같았다. 아니면, 내 행복은 누군가의 단단한 불행 위에 서 있는 듯했다. 아마도, 내가 더 훌륭한 시인이었더라면, 그 두려움 속으로 한 발짝 더 들어갔을 것이다. 하지만 이제와 보건대, 난 주저했다. 이미 충분히 두려웠다 여겼다. 그리고 그것을 버티기 위해선 어떤 동어반복이 필요했다. 하나의 명명만이 필요했다. 유독 같은 제목의 시가 많았던 세 번째 책에 대한 서툰 변명이다. 그것은 두려움이었고, 두려움의 유식(唯識)이었다.

*

그렇게 20년이 지났다.

20년이 지나니 사라지는 것들이 있다. 붙잡고 싶어도 사라져버리는 것들. 언어는, 그 슬픔을 온전히 다 담을 수 없다. 한 명이 사라지고, 난 그 한 명과 비슷한 존재가 된 채 헤맨다. 그 한 명과 비슷한 스물다섯 명을 보았으며, 그때마다 나는 소스라치게 놀랐으며, 그때마다 기쁨도 놀라움도, 두려움도, 슬픔도 아닌 처음 느끼는 감정에 얼굴이 일그러진다. 그 표정 또한 그 한 명과 닮았다. 그토록 닮지 않기 위해 발버둥 치던 한 명.

한 명이 사라지고, 점점 많은 한 명들이 사라진다. 그때마다 난 그 한 명의 얼굴이 되는 듯하다. 내가 두 명이 되고, 세 명이 되고, 그렇게 흩어져 그 한 명과 비슷한 스물다섯 명을 다시 만나게 되는 듯하다. 그것은 아마도 그 마음을 무엇이라 명명할지 모르기 때문일 것이다. 기세간(器世間)에서조차 여러 사람이 되어보고, 여러 사람을 만나보면서도 그 마음의 이름을 모르니 그저 '마음 전부'라고 할까 싶었다. 그것을 찾아 나가는 과정이 네 번째 책이고, 여전히 나는 그 마음을 명명하지 못하고 있다.

*

춤추는 경계에 위치하기. 광기와 이성의 경계에서. 미치광이와 철인의 경계에서. 어쩌면 내가 생각하는 쓰기의 한 경지이다. 늘 그것을 생각하면서 쓰려고 했다. 하지만 돌아보면 내 쓰기는, 그리고 지금 이 글은 마치 연아달다의 광기와도 같다. 연야달다는 거울을 보다 생각에 잠겼다. 거울 속 저 사람은 머리가 있는데, 왜 나는 머리가 없는가. 그는 사람들을 붙들고 물었다. 나의 머리를 못 보았느냐. 나의 머리를 못 보았느냐. 어쩌면 내 쓰기는 그것과도 같은 듯하다. 그것이 굳이 하나의 물질로 나오지 않더라도 나는 이미 매일 시(詩)를 해온 것이다.

그럼에도 굳이 또 한 권을 엮는다. 좋아하는 선배들의

청을 못 이겨서이기도 하지만 흘러 흘러 지금의 나를 만든 물의 길을 거슬러 올라보고 싶던 마음 때문이기도 하다.

*

"날 좀 내버려 둬! 조심해! 네가 나를 구렁텅이 끝으로 밀고 있잖아!

— 넌 이미 구렁텅이에 떨어진 거야!"*

* 파스칼 키냐르 지음, 백선희 옮김, 『파스칼 키냐르의 수사학』, 을유문화사, 2023, 135~136쪽.

발문

시인의 명경(明鏡)

정우신(시인)

당신은 지금 누군가를 따라가고 있다. 얼마나 걸었을까, 누군가를 분명 따라가고 있었는데 주위를 둘러보니 아무도 없다. 어둠에 머물다 보면 평소에 들리지 않던 소리가 들린다. 누군가 속삭이는 듯하다. 소리가 나는 곳을 향하면 누군가의 뒤꿈치가 보인다. 아무리 불러도 그는 대답하지 않는다. 반가운 마음에 다가가 옷깃을 잡으려고 하면 금세 사라진다. 한 걸음의 거리를 두고 발이 묶인다. 허깨비인가 하고 생각한다. 다시 걷다 보면 어느새 뱀이 당신을 따라오고 있다. 당신은 뱀의 얼굴에서 당신의 욕망을 본다. 이제 당신은 당신이 얼마만큼 왔는지, 누구를 따라가고 있는지는 크게 중요하지 않다. 욕망이라는 비인격적인 힘에 호기심을 갖는 순간, 당신은 위험에 처했기 때문이다. 이승의 것이 아니기 때문이다. 이미 그것은 당신의 육체를 벗어났는데 당신은 탈피를 꿈꾼다. 당신은 당신의 육신을 삼킨 줄도 모르고 당신의 흔적을 찾고 있다. 당신은 팔다리를 버리고 재가 되기를 두려워하지 않는다. 당신은 당신의 영혼으로 흘러가 "나는 그 뒤를 따르고 있었다" (「미메시스」) 로 진행되는 귀신 이야기를 들려준다. 당신은 말을 하며 동시에 듣는 자, 차원을 넘나들며 시공간의 형태를 재구성하는 자, 유년의 기억과 미래의 사건을 배합하여 검은 그물에 던져놓는 자, "늘 미리 반성하고, 미리 사라지고, 사후에 얼빠져 나타나는"(「Pedrolio」) 자, 귀신이다.

김안 시집 『귀신의 왕』에 거주하는 귀신은 명경(明鏡)을 지니고 있다. 명경의 사전적 의미를 찾아보면 첫 번째로 '맑은 거울'이 있고, 다음으로는 '저승의 길 어귀에 있는 거울'이라는 뜻이 있다. 거울을 비추면 죽은 이가 생전에 지은 착한 일과 악한 일의 행업이 나타난다는 업경(業鏡)의 뜻을 지니고 있다. 그는 왜 '물속에 방을 만들고 물기가 마르지 않는 귀신'(「카르마」)이 되었을까, 그것도 귀신의 왕이 되었을까. '엄마가 머리 없는 맹수처럼 고개를 파묻고 깨진 명경 조각을 들여다보며 울부짖'(「파지」)는 광경을 감응 없이 바라보게 되었을까. 어덥고 습한 풍경을 거닐다 보면 자아-세계의 불일치나 세계와의 불화 너머에서 소리가 들린다. 살려달라고. 아직 살아 있다고. 사물이 말을 거는 듯하다. 명경은 "이 골목은 내 삶이 일어났던 곳"(「귀신의 왕」)과 "귀신의 왕이라고 불렸던 골목 끝 무당집의 영혼이 미친 듯이 내는 신음소리"(「뽀삐」)를 동시에 비춘다. 구체와 추상, 인간과 비인간이 시인의 육체에 묶여 있다.

우리는 살아가면서, 우리 안의 에너지를 주고받는다. 우리 안에 존재하는 에너지의 기원과 종말을 인식하기 힘들다. 다만 우리는 그것이 움직이는 물질이라는 것을 안다. 우리는 사랑하는 사람에게 에너지를 보낸다. 사랑하는 사람은 '나'에게 에너지를 줄 수도 있지만, 거부하기도 한다. 대상이 없어진 '나'는 다른 대상에서 에너지를 찾는다. 그것도 힘들면 자아를 파먹으며 살아가기도 한다. 에너지는 우리의 인식이나 감정과 함께 작동하는 듯 보이지만 꼭 그렇지 않다. 그것은 욕망처럼 통제가 불가능하다. 귀신은 에너지를 돌려받을 육체가 없다. 귀신은 아무것도 수거하지 못한다. 자신의 육체에서 더 이상 에너지가 돌지 않음을 느낄 때 인간도 귀신과 마찬가지의 상태에 이르는 듯하다.

『귀신의 왕』에서 귀신의 이동 경로를 탁월하게 묘사한 작품 중 하나는 「기일」이다. 귀신이 처음에 만나는 대상은 '어머니'이다. "어머니는 내게 식사는 잘 챙겨 먹는지, 물으시고선 냉장고 문을" 연다. 어머니의 기일이라서, 어머니가 찾아와 냉장고를 살피는 듯하다. 화자는 오랜만에 본 어머니가 반갑다. 어머니에게 어렸을 때 키웠던 '강아지'의 이름을 묻자 어머니는 '무슨 소리?'냐고 되묻는다. 화자가 '굶어 죽었던가, 맞아 죽었던가' 하는 그 강아지라고 되묻자 어머니는 우리는 '강아지를 키운 적이 없'다고 한다. 이 부분에서 어머니의 기일에서 강아지의 기일로 전환된다. 화자는 "허기진 짐승처럼 어머니의 신선한 손목을 물어뜯으며" 아버지에 대한 질문으로 넘어간다. 어머니는 "넌 아버지가 없잖아?"라고 답변한다. 강아지의 기일에서 다시 아버지의 기일을 떠올리게 된다. 작품의 후반부에 가면 어머니가 내준 '손목'은 '골목'이 되고 "어머니의 팔에서 흘러나온 붉은 그림자들이 밤의 골목처럼 길게 이어지고 있었다."라고 끝이 난다. 화자는 어머니, 강아지, 아버지, 유년 시절을 이동하며 자신의 흔적을 찾는다. 여기까지 오면 모든 가족의 기일로 읽힌다. 내가 사랑했던 대상

과의 감정의 다발이 끊어졌을 때, 세상의 그 무엇도 내 것이 되지 못할 때 '나'는 귀신의 입과 귀를 선택한다. 현실에선 진화. 환상에선 역진화. 그 반대가 될 수도 있을 것이다. 이 시집에 출몰하는 귀신은 대상을 갈아타며 자신이 살아갈 골목을 개척한다.

『귀신의 왕』은 한편의 서사시면서, 수많은 프레임으로 이루어진 영상이다. 한 작품 안에서 반복되는 이미지는 다른 작품을 넘나든다. 문장으로 뱀처럼 비집고 들어가 충돌을 발생시킨다. 화자를 감응시키고 변용한다. 결국은 최초의 귀신을 찾기 어렵게 된다. 시집의 첫 작품 「미메시스」와 마지막 작품 「미메시스」는 거대한 두 개의 전신 거울 같다. 거울과 거울은 마주 보고 있다. 귀신은 그 골목을 빠져나오지 못한다. 11월, 겨울, 물, 빛, 둥근, 하얀, 나무 등은 귀신의 뼈와 살이다. 이 살점들은 음소부터 구절과 문장 단위까지 반복된다. 행간에 확장되고 스며들며 이행된다. 사람이 사는 세상인데, 귀신이 살기 좋은 조건이 확보된다. 「눈사람, 시작」 「유진이」 「가위」 「귀신의 왕」 「이웃사촌」 「문학기행」 「카르마」 「매미」 등의 작품에서도 그 모습이 자주 보인다. 화자가 대상과 만나 어떤 대화를 나누거나 사물을

포착하려고 다가가면 그것은 다른 사물로 변하거나 환영처럼 사라진다. 아름답다. 시집을 읽다 보면 당신은 당신도 모르게 길을 잃거나 무언가에 홀리게 되는 경험을 할지도 모른다. 보이지만 닿지 않는 것. 닿을 수 있지만 보이지 않는 것. 애가 닳는다. 시인의 삶과 감내를 지켜볼 수밖에 없다. 마음이 저리다.

당신은 여전히 누군가를 따라가고 있다. "이제 나는 내가 짐작한 남은 인생을 흉내 내면 되는 것일까" (「눈사람, 시작」) 고민한다. 가족을 버리고 팔다리를 버리고 자존심을 버리고 살아가다 보면, '뽀삐'나 '유진이'가 되기도 '매미'나 '피에로'의 표정을 짓기도 할 것이다. 이제 당신은 골목의 어느 집에도 들어가지 못한다. 이 세상에서 당신을 환영하는 곳은 없다. 당신의 몫은 처음부터 없었다. 사람인데 귀신이기 때문이다. 당신은 왜 이런 상황까지 오게 되었을까? 문학을 해서? 문학이라는 "명확한 불확실함이?" (「매미」) 삶을 파괴해서? 꿈, (무)의식, 광기가 왜 하필이면, 당신의 육체 위에서 뛰어놀까. 당신은 안경을 고쳐 쓰고 '겨울의 이빨 같은'(「파지」) 명경을 다시 꺼내어 본다. 퇴고를 위해. 다음 작품을 위해. 당신은 당신이 가장 아끼는 것들을 모두 내주면서도, "늙음과 붉음과 묽음이 꿀렁거리며" (「미메시스」) 당신의 육체에 손을 넣어서 남은 것마저 훔쳐가는 것을 보면서도, 작품을 고민한다. 『귀신의 왕』에서 귀신의 보행으로 이루어낸 것은 '시인-Pedrolino'이다. 당신은 어릿광대처럼 자신의 삶을 모방으로 돌려놓고 창작하는 사람, '둥근 시계추를 거울로 삼아'서 '뻔한 사물의 쓸모를 궁리하는 사람, 당신이 알고 있는 그 어떤 이야기보다 더 늙은 사람, 그 이야기에서 숲을 꺼내고, 책상을 꺼내고, 술을 꺼내거나, 늘 실패하는 말들만 던지는 사람'이다. 시인이다. 귀신이다. '물기가 마르지 않는 귀신'(「Pedrolino」)은 시인을 따라가고 있다.

김안에 대하여

그는 '솔직함'을 통해 도래하는 실패를, 그리고 그 실패를 통해서만 도달할 수 있는 무언가를 말하려 한다. 그렇기에 우리 역시 그저 쓸모없고 무용한 "말의 노역" 들 속에서, 존재해야만 할 "단 하나"의 무언가를 원해야 할 것이다. 이름붙일 수 없으며, 말해질 수 없으며, 보이지 않을 무엇. 그럼에도 그것을 찾아야만 한다는 고통의 시간. 그 숙명에 대한 '형식'만이 오직 우리를 지탱할 수 있으며, 이 망각의 시간들을 견딜 수 있게 한다. 아니, 그래야만 한다. 문학과 시인이란 제도의 형식이 아닌, 문학과 시를 행해야만 하는 실존과 운명의 형식으로서.

김정현, 「단지 더 많이 실패할 수밖에, 그저 누구보다도 더더욱」
(계간 『서정시학 』 통권 제84호)

그의 시는 애써 도달했다고 자부하는 이 시대의 합의와 관념에 합당해 보이는 정답을 유도하는 질문을 내려놓는 것이 아니라, 과정에서 출발하여 거대한 합의들을 비판하고, 다시 자리매김하는 인식의 최전선으로 우리를 데려갈 것이다. 삶이 첫 선을 넘긴 후, 이미 되돌아갈 수 없는 것이라면, 김안의 시를 읽고 나서 우리는 어느덧 탄탄한 어둠과 힘찬 우울, 명료한 비탄의 세계에 당도한 우리 자신을 발견하게 될 것이다.

조재룡, 「시민-시인의 자격으로 쏘아올린 물음들」 (시집 『미제레레』 해설 중에서)

파스칼 키냐르는 『은밀한 생』의 제3장에서 인류가 공들여 만든 대부분의 걸작은 알려지지 않은 채 사라진다는 하나의 가설을 제시한다. 이어서 그는 "사람들의 기억 속에서 그것들의 부재는 부재로서 현존해야만 한다. 결여된 것으로서, 그것이 나의 신념이다."라고 말해본다. 마찬가지로 김안 시인의 시에서 우리는 '결여된 것'으로서의 인간의 형상을 확인하는 것이 아닐까. 이렇게 말해야 할 것만 같다. 사람의 가장 아름다운 형상은 대부분 실현되지 않을 뿐만 아니라 증언조차 이루어지지 않는다. 그것은 침묵 속에서 잊힌다. 김안 시인의 시는 우리에게 침묵을 상기하도록 만든다. 침묵은 우리에게 말한다. 뒤를 돌아보았을 때 역사의 그늘 속에서 다가오는 것이 있다. 사람이 꿈꾸었던 사람의 형상이 있다.

박동억, 「역사회되지 않는 인간」 (계간 『작가들』, 2024년 여름호)

말의 사회적 삶과 궤를 함께 아우르는 이미지와 진술

을 통해 사회와 현실의 구조, 그 구조 속에서 목매고 살아가는 인간의 삶을 그려내고 있다.

제19회 현대시작품상 심사평 중에서

인간다움을 지키며 살아가는 일도, 시심을 지키며 살아가는 일도 쉽지 않은 시대에 "내가 젊을 적 쓰고자 했던 것들은 어떤 빈곤함의 형상"이자 "변명과 술수로 한없이/부끄러운 연옥일 뿐"(「시인의 말」)이었음을 통렬히 성찰하며, "실패하고" "전진하"기를 반복하는 시인의 길을 고통스럽게 걸어가는 김안의 시적 행보는 인상 깊었다. "음독이 묵독이 되어가는 소리" "마지막 우편물에 적힌 주소지에서" "내가 모르는 누군가 하얀 국수를 삶고 계란을 풀고,/누군가 냉장고 문을 열고,/누군가 둥근 식탁에 앉아 누군가와 마주하"(「Mazeppa」)는 소리를 듣는 시인의 절망과 희망에 우리는 시의 미래를 걸어보기로 했다. (…) 사방이 깜깜한 절벽이어서 한 치 앞도 내다보기 힘든 시절이지만 그럼에도 시를 쓰며 살아내는 일은 "마음을 다 쏟은 어리석은 귀신"(「마음 전부」)을 옆에 두는 일 같은 것일지도 모르겠다.

이경수, 제3회 신동문문학상 심사평 중에서

K-포엣
귀신의 왕

2024년 11월 15일 초판 1쇄 발행

지은이 김안
펴낸이 김재범
펴낸곳 (주)아시아
출판등록 2006년 1월 27일 제406-2006-000004호
전자우편 bookasia@hanmail.net

ISBN 979-11-5662-317-5 (set) | 979-11-5662-724-1 (04810)

바이링궐 에디션 한국 대표 소설

한국문학의 가장 중요하고 첨예한 문제의식을 가진 작가들의 대표작을 주제별로 선정!
하버드 한국학 연구원 및 세계 각국의 한국문학 전문 번역진이 참여한 번역 시리즈!
미국 하버드대학교와 컬럼비아대학교 동아시아학과, 캐나다 브리티시컬럼비아대학교 아시아학과 등 해외 대학에서 교재로 채택!

바이링궐 에디션 한국 대표 소설 set 1

분단 Division

01 병신과 머저리-**이청준** The Wounded-**Yi Cheong-jun**
02 어둠의 혼-**김원일** Soul of Darkness-**Kim Won-il**
03 순이삼촌-**현기영** Sun-i Samch'on-**Hyun Ki-young**
04 엄마의 말뚝 1-**박완서** Mother's Stake I-**Park Wan-suh**
05 유형의 땅-**조정래** The Land of the Banished-**Jo Jung-rae**

산업화 Industrialization

06 무진기행-**김승옥** Record of a Journey to Mujin-**Kim Seung-ok**
07 삼포 가는 길-**황석영** The Road to Sampo-**Hwang Sok-yong**
08 아홉 켤레의 구두로 남은 사내-**윤흥길** The Man Who Was Left as Nine Pairs of Shoes-**Yun Heung-gil**
09 돌아온 우리의 친구-**신상웅** Our Friend's Homecoming-**Shin Sang-ung**
10 원미동 시인-**양귀자** The Poet of Wŏnmi-dong-**Yang Kwi-ja**

여성 Women

11 중국인 거리-**오정희** Chinatown-**Oh Jung-hee**
12 풍금이 있던 자리-**신경숙** The Place Where the Harmonium Was-**Shin Kyung-sook**
13 하나코는 없다-**최윤** The Last of Hanak'o-**Ch'oe Yun**
14 인간에 대한 예의-**공지영** Human Decency-**Gong Ji-young**
15 빈처-**은희경** Poor Man's Wife-**Eun Hee-kyung**

바이링궐 에디션 한국 대표 소설 set 2

자유 Liberty

16 필론의 돼지-**이문열** Pilon's Pig-**Yi Mun-yol**
17 슬로우 불릿-**이대환** Slow Bullet-**Lee Dae-hwan**
18 직선과 독가스-**임철우** Straight Lines and Poison Gas-**Lim Chul-woo**
19 깃발-**홍희담** The Flag-**Hong Hee-dam**
20 새벽 출정-**방현석** Off to Battle at Dawn-**Bang Hyeon-seok**

사랑과 연애 Love and Love Affairs

21 별을 사랑하는 마음으로-**윤후명** With the Love for the Stars-**Yun Hu-myong**
22 목련공원-**이승우** Magnolia Park-**Lee Seung-u**
23 칼에 찔린 자국-**김인숙** Stab-**Kim In-suk**
24 회복하는 인간-**한강** Convalescence-**Han Kang**
25 트렁크-**정이현** In the Trunk-**Jeong Yi-hyun**

남과 북 South and North

26 판문점-**이호철** Panmunjom-**Yi Ho-chol**
27 수난 이대-**하근찬** The Suffering of Two Generations-**Ha Geun-chan**
28 분지-**남정현** Land of Excrement-**Nam Jung-hyun**
29 봄 실상사-**정도상** Spring at Silsangsa Temple-**Jeong Do-sang**
30 은행나무 사랑-**김하기** Gingko Love-**Kim Ha-kee**

바이링궐 에디션 한국 대표 소설 set 3

서울 Seoul

31 눈사람 속의 검은 항아리-**김소진** The Dark Jar within the Snowman-**Kim So-jin**
32 오후, 가로지르다-**하성란** Traversing Afternoon-**Ha Seong-nan**
33 나는 봉천동에 산다-**조경란** I Live in Bongcheon-dong-**Jo Kyung-ran**
34 그렇습니까? 기린입니다-**박민규** Is That So? I'm A Giraffe-**Park Min-gyu**
35 성탄특선-**김애란** Christmas Specials-**Kim Ae-ran**

전통 Tradition

36 무자년의 가을 사흘-**서정인** Three Days of Autumn, 1948-**Su Jung-in**
37 유자소전-**이문구** A Brief Biography of Yuja-**Yi Mun-gu**
38 향기로운 우물 이야기-**박범신** The Fragrant Well-**Park Bum-shin**
39 월행-**송기원** A Journey under the Moonlight-**Song Ki-won**
40 협죽도 그늘 아래-**성석제** In the Shade of the Oleander-**Song Sok-ze**

아방가르드 Avant-garde

41 아겔다마-**박상륭** Akeldama-**Park Sang-ryoong**
42 내 영혼의 우물-**최인석** A Well in My Soul-**Choi In-seok**
43 당신에 대해서-**이인성** On You-**Yi In-seong**
44 회색 時-**배수아** Time In Gray-**Bae Su-ah**
45 브라운 부인-**정영문** Mrs. Brown-**Jung Young-moon**

바이링궐 에디션 한국 대표 소설 set 4

디아스포라 Diaspora

46 속옷-**김남일** Underwear-**Kim Nam-il**
47 상하이에 두고 온 사람들-**공선옥** People I Left in Shanghai-**Gong Sun-ok**
48 모두에게 복된 새해-**김연수** Happy New Year to Everyone-**Kim Yeon-su**
49 코끼리-**김재영** The Elephant-**Kim Jae-young**
50 먼지별-**이경** Dust Star-**Lee Kyung**

가족 Family

51 혜자의 눈꽃-**천승세** Hye-ja's Snow-Flowers-**Chun Seung-sei**
52 아베의 가족-**전상국** Ahbe's Family-**Jeon Sang-guk**
53 문 앞에서-**이동하** Outside the Door-**Lee Dong-ha**
54 그리고, 축제-**이혜경** And Then the Festival-**Lee Hye-kyung**
55 봄밤-**권여선** Spring Night-**Kwon Yeo-sun**

유머 Humor

56 오늘의 운세-**한창훈** Today's Fortune-**Han Chang-hoon**
57 새-**전성태** Bird-**Jeon Sung-tae**
58 밀수록 다시 가까워지는-**이기호** So Far, and Yet So Near-**Lee Ki-ho**
59 유리방패-**김중혁** The Glass Shield-**Kim Jung-hyuk**
60 전당포를 찾아서-**김종광** The Pawnshop Chase-**Kim Chong-kwang**

바이링궐 에디션 한국 대표 소설 set 5

관계 Relationship

61 도둑견습 – **김주영** Robbery Training-**Kim Joo-young**
62 사랑하라, 희망 없이 – **윤영수** Love, Hopelessly-**Yun Young-su**
63 봄날 오후, 과부 셋 – **정지아** Spring Afternoon, Three Widows-**Jeong Ji-a**
64 유턴 지점에 보물지도를 묻다 - **윤성희** Burying a Treasure Map at the U-turn-**Yoon Sung-hee**
65 쁘이거나 쯔이거나 - **백가흠** Puy, Thuy, Whatever-**Paik Ga-huim**

일상의 발견 Discovering Everyday Life

66 나는 음식이다 – **오수연** I Am Food-**Oh Soo-yeon**
67 트럭 – **강영숙** Truck-**Kang Young-sook**
68 통조림 공장 - **편혜영** The Canning Factory-**Pyun Hye-young**
69 꽃 – **부희령** Flowers-**Pu Hee-ryoung**
70 피의일요일 – **윤이형** BloodySunday-**Yun I-hyeong**

금기와 욕망 Taboo and Desire

71 북소리 - **송영** Drumbeat-**Song Yong**
72 발칸의 장미를 내게 주었네 - **정미경** He Gave Me Roses of the Balkans-**Jung Mi-kyung**
73 아무도 돌아오지 않는 밤 – **김숨** The Night Nobody Returns Home-**Kim Soom**
74 젓가락여자 – **천운영** Chopstick Woman-**Cheon Un-yeong**
75 아직 일어나지 않은 일 – **김미월** What Has Yet to Happen-**Kim Mi-wol**

바이링궐 에디션 한국 대표 소설 set 6

운명 Fate

76 언니를 놓치다 – **이경자** Losing a Sister-**Lee Kyung-ja**
77 아들 – **윤정모** Father and Son-**Yoon Jung-mo**
78 명두 – **구효서** Relics-**Ku Hyo-seo**
79 모독 – **조세희** Insult-**Cho Se-hui**
80 화요일의 강 – **손홍규** Tuesday River-**Son Hong-gyu**

미의 사제들 Aesthetic Priests

81 고수 – **이외수** Grand Master-**Lee Oisoo**
82 말을 찾아서 – **이순원** Looking for a Horse-**Lee Soon-won**
83 상춘곡 – **윤대녕** Song of Everlasting Spring-**Youn Dae-nyeong**
84 삭매와 자미 – **김별아** Sakmae and Jami-**Kim Byeol-ah**
85 저만치 혼자서 – **김훈** Alone Over There-**Kim Hoon**

식민지의 벌거벗은 자들 The Naked in the Colony

86 감자 – **김동인** Potatoes-**Kim Tong-in**
87 운수 좋은 날 – **현진건** A Lucky Day-**Hyŏn Chin'gŏn**
88 탈출기 – **최서해** Escape-**Ch'oe So-hae**
89 과도기 – **한설야** Transition-**Han Seol-ya**
90 지하촌 – **강경애** The Underground Village-**Kang Kyŏng-ae**

바이링궐 에디션 한국 대표 소설 set 7

백치가 된 식민지 지식인 Colonial Intellectuals Turned "Idiots"

91 날개 – **이상** Wings-**Yi Sang**
92 김 강사와 T 교수 – **유진오** Lecturer Kim and Professor T-**Chin-O Yu**
93 소설가 구보씨의 일일 – **박태원** A Day in the Life of Kubo the Novelist-**Pak Taewon**
94 비 오는 길 – **최명익** Walking in the Rain-**Ch'oe Myŏngik**
95 빛 속에 – **김사량** Into the Light-**Kim Sa-ryang**

한국의 잃어버린 얼굴 Traditional Korea's Lost Faces

96 봄·봄 – **김유정** Spring, Spring–**Kim Yu-jeong**
97 벙어리 삼룡이 – **나도향** Samnyong the Mute–**Na Tohyang**
98 달밤 – **이태준** An Idiot's Delight–**Yi T'ae-jun**
99 사랑손님과 어머니 – **주요섭** Mama and the Boarder–**Chu Yo-sup**
100 갯마을 – **오영수** Seaside Village–**Oh Yeongsu**

해방 전후(前後) Before and After Liberation

101 소망 – **채만식** Juvesenility–**Ch'ae Man-Sik**
102 두 파산 – **염상섭** Two Bankruptcies–**Yom Sang-Seop**
103 풀잎 – **이효석** Leaves of Grass–**Lee Hyo-seok**
104 맥 – **김남천** Barley–**Kim Namch'on**
105 꺼삐딴 리 – **전광용** Kapitan Ri–**Chŏn Kwangyong**

전후(戰後) Korea After the Korean War

106 소나기 – **황순원** The Cloudburst–**Hwang Sun-Won**
107 등신불 – **김동리** Tŭngsin-bul–**Kim Tong-ni**
108 요한 시집 – **장용학** The Poetry of John–**Chang Yong-hak**
109 비 오는 날 – **손창섭** Rainy Days–**Son Chang-sop**
110 오발탄 – **이범선** A Stray Bullet–**Lee Beomseon**